Le prince de Central Park

J'AI LU

Evan H. Rhodes

Le prince de Central Park

Traduit de l'américain
par Liliane Sztajn

Éditions J'ai lu

Titre original :

THE PRINCE OF CENTRAL PARK

© Evan H. Rhodes, 1975

Pour la traduction française :
© Éditions J.-C. Lattès, 1976

PREMIÈRE PARTIE

1

— Au voleur! Arrêtez! Arrêtez-le! Au voleur!

Jay-jay courait comme il n'avait jamais couru afin d'échapper à ses poursuivants. A chaque enjambée, la douleur qui déchirait ses mollets se faisait plus vive. Ses poumons étaient en feu. Sur son passage, les promeneurs du samedi s'écartaient, affolés. Deux femmes poussant un landau joignirent leurs cris à ceux de la meute; un vieil homme brandit sa canne et se lança à son tour à la poursuite du gibier : un gosse de onze ans.

Jay-jay suffoquait. « Ne te retourne pas! » pensa-t-il, désespéré. Le marchand de fruits gagnait du terrain. Il le sentait. « Si seulement je pouvais arriver jusqu'à Central Park! Une fois à l'intérieur... »

Les immeubles misérables qui bordaient Cathedral Parkway défilaient à toute allure devant Jay-jay, brèves taches de couleurs miroitant sur le verre embué de ses lunettes. Juste au moment où il atteignit l'angle de Central Park Ouest, les feux passèrent au vert. Sans hésiter, il traversa l'avenue.

Les freins hurlèrent. Les pneus crissèrent. Plusieurs voitures firent de brusques écarts. Le gamin poursuivit son chemin, évitant de justesse les véhicules qui fonçaient sur lui.

Jay-jay parvint à la 110ᵉ Rue et s'engouffra dans le parc par l'Entrée de l'Inconnu. Bloqué par le flot de la circulation, l'épicier resta de l'autre côté de l'avenue. Il hurlait en agitant furieusement le poing.

— Ce n'est pas pour la pêche! rugit-il, prenant la foule à témoin. Mais il y a de l'abus... et c'est la deuxième fois ce mois-ci... et le loyer qui a encore augmenté...

Jay-jay courait toujours. La masse verte du parc l'enveloppait peu à peu. Il descendit en bondissant une cascade de marches en pierre. Cinq, et neuf, et puis onze, et encore neuf. Plus profond, toujours plus profond, dans le frais sanctuaire des bouleaux blancs, des forsythias et des allées sinueuses.

Une terrible douleur au côté le força à ralentir. Le sentier se dédoublait: la voie de gauche traversait un tunnel creusé dans le roc qui débouchait sur une large pelouse. Des promeneurs pique-niquaient, des enfants s'ébattaient joyeusement sur les aires de jeux. Plus loin, on apercevait les eaux lisses du lac de Harlem.

« Pas par là, se dit Jay-jay, luttant pour retrouver son souffle. S'ils me coincent là-bas, je suis fait. »

La voie de droite plongeait dans la partie sauvage du parc. Les sycomores, les ormes et les peupliers qui se dressaient vers le soleil jetaient sur cet endroit une ombre épaisse. Au delà de cette zone s'étendait un territoire dangereux. Jay-jay savait que des bandes d'adolescents rôdaient autour de la Falaise et du Blockhaus, prêts à se jeter sur le premier passant assez imprudent pour s'aventurer sur leur terrain de chasse. Lorsque le gibier se faisait rare, les jeunes loups se dévoraient entre eux, les plus forts s'attaquant aux plus faibles.

Jay-jay n'avait jamais osé pénétrer dans cette jungle. Essuyant la sueur qui coulait sur son nez, il rajusta ses lunettes. Il n'était pas très grand pour ses onze ans, et considérablement sous-alimenté. Quand il s'agissait d'affronter les gamins de sa classe, Jay-jay n'était jamais le plus fort...

— Alors, si je dois me battre contre une dizaine de types plus vieux que moi..., grommela-t-il.

Malheureusement, il n'avait pas le choix. Si on l'attrapait, c'était la catastrophe. Il se moquait bien de l'épicier. Ce qui l'ennuyait, c'était que les flics le ramèneraient chez lui, où Ardis l'attendrait, avec une seule idée en tête : lui flanquer la raclée du siècle.

« Il faut que je tente le coup », se dit Jay-jay en obliquant vers la droite. Il ralentit son allure et quitta le sentier afin de couper à travers les broussailles, où l'aubépine se mêlait au rhododendron. Le sol était très inégal. Des blocs de granit brillant affleuraient çà et là.

Jay-jay aperçut un chemin qui serpentait jusqu'au Blockhaus. Son regard balaya le sommet de la Falaise. Il vit une silhouette lointaine qui se détachait contre le ciel. Un homme. Peut-être en quête d'une aventure. A moins qu'il ne s'agisse de l'éclaireur de l'une ou l'autre des bandes qui hantaient le coin. Jay-jay ne s'attarda pas à chercher la réponse. Il changea de cap et se dirigea vers la Grande Colline, au sud.

Une tache d'un vert lumineux s'élargissait à l'endroit où l'humidité du sol remontait à la surface. Là, les grosses pierres étaient recouvertes de mousse; les rochers avaient du mal à tenir en équilibre. Jay-jay sautait de l'un à l'autre tout en continuant à avancer. De nouveau, le sentier. Puis des marches. Neuf, et sept. Ici, les mauvaises herbes avaient réussi à briser la carapace de l'asphalte. Aucun papier gras laissé par les promeneurs sur ces chemins peu fréquentés.

Jay-jay savait que le danger était écarté pour le moment, mais il ne pouvait s'empêcher de continuer. Il courait toujours, comme un animal traqué.

Son ventre gargouilla. Il le massa doucement pour apaiser les spasmes.

— Si seulement j'avais gardé cette pêche, soupira-t-il.

Il l'avait laissé tomber à l'instant même où l'épicier l'avait repéré.

Jay-jay n'avait rien mangé depuis vingt-quatre heures. Rien bu non plus. Mais il ne pouvait pas rentrer chez lui. Pas après ce qu'il avait fait. Plus jamais.

Ce souvenir lui fit tourner la tête. Ses jambes se dérobèrent et il tomba à genoux. Il agrippa une touffe d'herbe pour empêcher le sol de danser, mais le tapis vert tourbillonnait de plus en plus vite. Il se libéra de l'emprise du gamin et se rua vers son crâne, brisant ses lunettes.

Jay-jay s'enfonça dans un univers obscur qui ressemblait au meublé d'où il s'était enfui, où rôdait la présence menaçante d'Ardis. Il sombra dans le cauchemar qu'il avait cru laisser derrière lui.

2

Tout ça à cause de l'école. De la fermeture de l'école, plus exactement. Le centre scolaire 145 avait ouvert ses portes le premier lundi après la Fête du Travail. Le mardi il était fermé. Un différend opposait les parents d'élèves aux professeurs. Ces derniers s'étaient mis en grève. Les parents d'élèves avaient décidé de boycotter les cours. Pendant trois semaines, Jay-jay s'était retrouvé dans la rue, livré à lui-même.

Depuis deux mois, le gamin vivait chez Ardis, sa mère adoptive. Dès le premier jour, elle lui avait fait comprendre, à grand renfort de claques, qu'elle ne voulait pas de lui à la maison avant le coucher du soleil.

Quand Jay-jay lui avait demandé « pourquoi ? » Ardis avait aboyé :

— Ça ne te regarde pas. J'ai mes raisons.

C'était vendredi, la veille du jour où il s'était enfui dans le parc, que les choses avaient vraiment mal tourné.

Jay-jay avait passé la plus grande partie de la matinée à nettoyer le terrain vague en face de l'église. Le comité du quartier venait juste de lancer ce projet. Mais l'enthousiasme des volontaires n'avait pas duré plus de deux heures. Découragé, le gamin était resté seul parmi les immondices.

Ses efforts, pourtant, ne furent pas tout à fait inutiles. Il trouva un pneu usé, le fit rouler jusqu'au garage du coin et le vendit vingt-cinq *cents*.

Il s'acheta une boîte de craies de couleur pour cinq *cents*. Mais alors qu'il était assis sur le trottoir, s'appliquant à finir sa grande fresque — une bataille au laser entre le vaisseau spatial des héros de Star Trek et un engin ennemi —, le portier de l'immeuble devant lequel il dessinait le chassa à coups de balai.

Un peu plus tard dans l'après-midi, Jay-jay s'aventura dans la cour de l'école et essaya de faire une partie de basket avec quelques garçons plus âgés que lui, des Blancs et des Portoricains. Ses lunettes n'arrêtaient pas de glisser, et un gars antipathique lui flanquait sournoisement des coups de coude bien placés. Finalement, l'agent Blutkopf, le gardien de l'école, fit évacuer le terrain de jeux. C'était l'heure de la fermeture.

Jay-jay traîna dans le quartier. Son cœur fit un bond prodigieux lorsqu'il aperçut Dolorès, la plus jolie fille de sa classe, assise sur les marches de la salle de billard. Jay-jay dépensa dix *cents* pour lui offrir une glace. C'était un investissement considérable, mais elle en valait la peine. Malheureusement, dès que Dolorès eut fini l'esquimau, elle abandonna Jay-jay

9

pour aller jouer au ping-pong avec un grand. Et le gamin resta seul avec son cœur brisé.

Il fit le tour du pâté de maisons, en donnant des coups de pied dans une vieille boîte de conserve, imaginant mille tortures sophistiquées à infliger à tous les grands. Puis il réfléchit à ce problème crucial : que faire ?

« Tu peux toujours aller te balader dans le parc », se dit-il.

Jay-jay adorait Central Park, l'île verte qui l'avait aidé à supporter les mois sombres de sa vie avec Ardis. En fait, au début de l'été, il s'était procuré un des plans du parc mis à la disposition du public sur le terrain de jeux situé près de l'Entrée du Guerrier. Il connaissait assez bien maintenant toute la zone paisible qui entourait le lac de Harlem, mais les étendues sauvages de la Grande Colline, de la Falaise et du Blockhaus, ainsi que de la partie s'étendant au-delà de la 97e Rue constituaient encore pour lui des territoires mystérieux qui ne demandaient qu'à être explorés.

« Pas maintenant », se dit-il en jetant un regard au soleil couchant. Le crépuscule était proche. Et tout le monde savait que le parc devenait dangereux après la tombée de la nuit.

Jay-jay prit donc le chemin du retour.

« Un peu trop tôt, peut-être », se sermonna-t-il. Mais il ne savait plus quoi faire. Tous les gosses avaient déserté la rue. En plus, il avait faim.

Il commença à grimper les huit étages qui menaient au meublé, réprimant un frisson de peur à chaque fois qu'il traversait l'un des paliers sombres et lugubres. Malgré tout, il préférait affronter les dangers de l'escalier plutôt que ceux de l'ascenseur. La première règle de survie dans l'immeuble était très simple : ne jamais prendre l'ascenseur tout seul.

Un sac d'ordures passa en sifflant près de Jay-jay tandis qu'il atteignait le troisième palier. Le gamin

10

continua son ascension, en se bouchant les narines pour ne pas sentir l'odeur de rat crevé qui se mêlait à celle de l'urine. Jay-jay n'avait pas mis longtemps à connaître l'immeuble. Les bagarres, les rires, les hurlements des hippies du sixième, quand ils flippaient; la drogue qu'on vendait et qu'on achetait quotidiennement dans les couloirs; les gosses, chaque jour un peu plus jeunes, qui attendaient leurs fournisseurs.

— Tiens, mon vieux, essaye ça, avait dit une fois à Jay-jay un type portant moustache. Ça te fera planer.

Heureusement, le gamin venait juste de voir une scène semblable dans un feuilleton à la télé. Il s'était enfui sans demander son reste.

Le sexe était omniprésent, derrière les portes fermées qui abritaient les maquereaux et leurs petites copines, sur la terrasse, et surtout au neuvième étage où l'Allemande alcoolique ne cessait de se demander comment elle pourrait bien faire pour arriver à séduire un jour ce gamin.

Mais Jay-jay n'était pas encore prêt pour l'amour; son corps ne suivait pas. Et puis, il ne faisait confiance à personne.

— Si seulement j'avais un million de dollars, je pourrais quitter cet endroit, marmonna-t-il, en sautant pardessus un seau dans lequel trempait une serpillière. J'irais en Alaska. Je trouverais la source de l'Amazone et je lui donnerais mon nom, je découvrirais l'Atlantide, je...

Septième, huitième. Jay-jay atteignit enfin l'appartement. Il colla son oreille contre la porte, entendit la télévision, pensa que la voie était libre, entra... et se retrouva devant deux personnes à quatre pattes sur le sol, en tenue d'Ève et d'Adam.

Ardis cria pour couvrir le bruit de la télé :

— Fous le camp !

Jay-jay esquiva de justesse un cendrier et sortit. Il s'apprêtait à redescendre, quand il aperçut l'alcoolique qui traversait le palier, se dirigeant droit sur lui.

— Je n'arriverai pas à lui échapper. Elle va m'attraper, c'est sûr, souffla-t-il.

Dans sa confusion, le gamin oublia la première règle de survie. Il appuya sur le bouton de l'ascenseur qui monta en grinçant jusqu'au huitième. Il entra, pressa la touche du rez-de-chaussée. La cabine commença à descendre et s'arrêta brusquement au cinquième. Un type tout droit sorti d'un magazine d'épouvante bondit à l'intérieur de l'ascenseur, plaquant un pied contre la porte pour l'empêcher de repartir.

A cet instant, Jay-jay comprit. Il tenta de se ruer hors de la cabine, mais le type l'attrapa par le bras, et l'écrasa contre le mur.

— Vide tes poches !

Le gosse regardait fixement l'apparition. Le nez, les yeux et la bouche étaient déformés par le bas de nylon qui recouvrait la tête du type. Malgré ce déguisement, Jay-jay le reconnut à la façon dont ses épaules étaient voûtées. Les traces de piqûres bleuâtres sur ses bras maigres étaient tout aussi révélatrices.

Elmo, le petit truand du quartier. Seize ans, peut-être dix-sept, complètement bouffé par l'héro. Elmo, qui n'était pas assez malin pour décrocher un gros coup. Qui n'était pas encore assez fort pour s'attaquer aux commerçants. Elmo, dont les vieilles dames et les enfants étaient les victimes préférées.

— Allez, donne-moi tout ça, siffla-t-il.

Jay-jay se mit en position de kung-fu. Il se prépara à décocher un coup de pied dans le tibia du drogué. La lame du couteau fut sous sa gorge avant qu'il ait pu faire un mouvement.

« Ne lutte pas, hurla la sirène d'alarme dans sa tête. Il est tellement défoncé qu'il n'hésitera pas à te découper en morceaux. » Furieux de constater que le karaté ne marchait qu'à la télévision, Jay-jay tendit à son agresseur le contenu de ses poches.

— Quinze *cents*? fit Elmo, louchant à travers le bas de nylon. Où est-ce que tu caches le reste?

En quelques secondes, Elmo déshabilla Jay-jay, ne lui laissant que ses sous-vêtements. Il fourra les habits du gamin, ses sandales japonaises en caoutchouc et ses quinze *cents* dans un sac de voyage.

— La médaille aussi. (Il avait repéré le pendentif passé au cou de Jay-jay.)

Le gamin recula contre la paroi de l'ascenseur. Il ne gardait de sa mère que des souvenirs imprécis, mais à l'orphelinat, on lui avait dit que le bijou avait appartenu à celle qu'il n'avait presque pas connue. C'était un médaillon plat, représentant Marie offrant son enfant au monde.

— Non, je t'en prie, fit-il. Regarde, elle n'est pas en or. Elle laisse des traces vertes sur la peau.

Mais le regard d'Elmo restait fixé sur l'objet. Instinctívement, il enfonça sa main dans la poche de son pantalon et ses doigts se refermèrent sur une lanière de cuir. Plusieurs colifichets y étaient accrochés : un anneau, une breloque enlevée d'un bracelet, une clé, un briquet. A chaque fois qu'Elmo délestait quelqu'un, il gardait un souvenir de son exploit comme si ce talisman lui conférait tous les pouvoirs de sa victime. D'une certaine façon, il collectionnait les scalps, car chaque conquête lui donnait l'impression d'être plus fort, plus puissant, plus important que celui qu'il avait agressé. Et le jeune homme avait désespérément besoin d'éprouver cette sensation pour survivre.

« Si je pouvais l'obliger à enlever son pied, l'ascenseur se mettrait en marche, peut-être que quelqu'un... » Jay-jay tentait de faire travailler sa matière grise.

Elmo tendit la main vers le médaillon et le gamin la repoussa. La pointe du couteau s'enfonça dans la chair de son cou. Une goutte de sang perla. Jay-jay grimaça de douleur et voulut se dégager. Alors, Elmo attrapa la chaîne et la fit passer par-dessus la tête du garçon. Puis il le poussa hors de l'ascenseur, et l'envoya au sol d'un coup de poing.

— Un mot de tout ça et...

La lame mordit l'air avec un bruit menaçant. Les doigts d'Elmo se refermèrent sur la médaille. Elle était particulièrement précieuse, parce que le gosse s'était défendu.

Le drogué retira son pied. Les portes de l'ascenseur se refermèrent. Jay-jay vit l'indicateur lumineux clignoter, quatrième, troisième, second. La cabine arriva au rez-de-chaussée avant que le gamin ait eu le temps de se redresser. Il se leva péniblement, remonta les marches à toute vitesse vers l'appartement. Seule la médaille lui importait. Le reste, il s'en moquait.

Il frappa à coups de pied, à coups de poing. Ardis ne viendrait-elle jamais? La porte s'ouvrit brusquement et Jay-jay bascula dans l'entrée. Ardis, en sous-vêtements, regarda le gamin qui tremblait et hurla :

— Qu'est-ce qui s'est passé? (Puis elle comprit. Elle leva les bras au ciel.) Tu as pris l'ascenseur, hein? criat-elle en le giflant. Combien de fois faudra-t-il que je te le répète? Tu ne mérites vraiment pas que je me donne tant de mal. Tout ça pour un malheureux chèque! Pourquoi est-ce que j'hérite toujours des plus débiles? Pourquoi moi? Je venais juste de t'acheter des vêtements neufs et des chaussures, et...

Les minutes qui suivirent furent totalement incohérentes. Jay-jay voulait qu'on prévienne les flics, le petit ami d'Ardis, un gros balourd, essayait de se rhabiller tant bien que mal — « Les flics? Je ne veux pas avoir d'histoire. Mon Dieu! Mon travail et... » — la fille frappait le gamin tout en s'évertuant à rassurer l'homme. En fond sonore, les gloussements des jeunes mariés qui sautaient de joie sur l'écran du poste de télévision couleur soixante centimètres, parce qu'ils venaient juste de gagner un manteau de fourrure, une caravane et une poubelle chromée.

14

Deux heures plus tard, Jay-jay était accroupi sur son lit de camp, dans le salon. Ardis allait et venait entre la salle de bains et la pièce principale. Elle se maquillait en prévision de la première soirée du week-end.

— Heureusement qu'on est vendredi, dit-elle à ses grands yeux bleus tout en collant ses faux cils debout devant l'armoire à pharmacie.

Le bar serait plein à craquer. Son ami lui avait promis de la retrouver là-bas.

Elle revint au salon. Passant devant Jay-jay, elle lui donna une tape sur la tête :

— Arrête de pleurnicher maintenant. Tu entends? Je n'ai pas cogné si fort que ça.

Les doigts du gamin remontaient sans cesse au cou, cherchant en vain le médaillon envolé.

Ardis avait pris garde où elle frappait. Elle savait que les bleus et les traces de coups se détachaient comme des néons dans la nuit sur la peau de Jay-jay. Et cette satanée assistante sociale avait un œil de fouine! Quelques jours avant sa visite, Ardis nettoyait l'appartement de fond en comble et se montrait particulièrement douce avec le gosse.

De toute façon, Miss Compassion n'était pas attendue avant trois ou quatre mois. Tout d'un coup, elle se rappela qu'il lui faudrait acheter de nouveaux vêtements pour Jay-jay. Une pensée qui raviva sa colère. Une pensée qu'elle convertit aussitôt en gifle.

— Petit crétin. Je comptais sur cet argent. Il va bientôt falloir payer la traite de la télé.

Ardis n'était pas mesquine. Dans un monde de violence, elle ne voyait pas ce qu'il y avait de mal à vivre comme elle vivait. Elle s'était fait exploiter jusqu'au cou quand elle avait travaillé honnêtement, dans sa jeunesse. Quant à la dégradation morale, parlons-en! Elle avait payé plus d'impôts sur le revenu que

Tricky Dickie lui-même, alors pour qui se prenaient-ils? Dégradation morale! Pfff!

Ardis était tombé par hasard sur cette histoire de mère adoptive. Ça lui permettait d'avoir quelqu'un pour faire ses commissions, pour l'aider à nettoyer l'appartement, et surtout pour écouter ses doléances. Elle donnait réellement un foyer aux gosses. Aucun d'entre eux n'avait jamais eu faim. Alors s'il lui arrivait d'avoir la main un peu lourde de temps en temps, qu'est-ce que ça pouvait faire? Ses parents avaient été comme ça avec elle.

« Et pourtant je m'en suis bien sortie. » Elle revint dans le salon entourée d'un nuage de Passion Sauvage.

— Laisse ce pansement tranquille! lança-t-elle en écartant brutalement la main que Jay-jay avait de nouveau portée à son cou. Pas de télé ce soir. Tu as la radio. Je ne veux pas que tu me casses mon poste. Ça ne fait même pas un mois que je l'ai acheté. Compris? (Ses yeux se rétrécirent.) Je rentrerai de bonne heure, et si je t'attrape... j'ai un truc secret pour savoir si tu l'as fait marcher.

Ce n'était qu'un tissu de mensonges. Jay-jay le savait bien. Elle ne rentrait jamais tôt. Quant à son truc spécial, elle n'était même pas capable de vider l'aspirateur, alors... Il détestait cette télé. Au moins, quand elle avait encore le poste noir et blanc, elle lui permettait de le regarder.

— Il y a du beurre de cacahuète dans le placard, du lait et un gâteau pour le dessert, bien que tu ne le mérites pas. Essaye de te tenir tranquille une fois dans ta vie, compris?

La blonde, ce soir, décida Ardis en posant la perruque bouclée sur ses cheveux bruns et raides. Les blondes, disait-on, avaient plus de succès que les autres. Après l'interruption de l'après-midi, elle avait besoin de se détendre. Elle étala quelques gouttes supplémentaires de Passion Sauvage sur ses cuisses, glissa quelques billets dans son décolleté, enfila ses chaussures à talons compensés et se dirigea à petits pas vers la porte.

Jay-jay écouta les semelles claquer sur le palier. Il se pencha vers le téléviseur puis s'arrêta net. Quelque chose clochait! Quoi? Brusquement il se rendit compte que le bruit de pas ne s'était pas éloigné. Elle fait du sur-place! Jay-jay se rua de nouveau sur le lit au moment précis où Ardis déboulait dans l'appartement, le regard fixé sur le poste. Elle parut déçue de ne pas le voir allumé. Tendant vers lui un doigt couronné de vernis rouge, elle lâcha :

— Tu es prévenu.

Puis elle se pencha d'un air absent, l'embrassa et partit.

Cette fois-ci Jay-jay courut à la fenêtre. Il attendit, guettant la silhouette d'Ardis qui sortait de l'immeuble. Puis il se déshabilla, essaya de faire le poirier, tomba, et finit par allumer la télévision.

Une émission de variétés avec, comme invités principaux, une flopée de gosses, tous frères et sœurs, qui chantaient à s'en rompre les cordes vocales. Ils étaient en passe de devenir des stars du rock. Ensuite, le *Film de la Semaine,* une espèce de conte de fées à propos d'un flic honnête. Les résultats sportifs, et une émission sur l'insolite, avec une bohémienne borgne qui prédisait son propre assassinat.

— Ça me fait pas peur, dit Jay-jay en changeant rapidement de chaîne.

Aux nouvelles de 11 heures, le présentateur annonça à Jay-jay que la grève entamée par ses professeurs était terminée : « Sauf incidents, les cours reprendront lundi. »

— Ouf, il était temps, bâilla Jay-jay.

Ce n'était pas drôle tous les jours d'aller à l'école, mais c'était mieux que d'errer sans but dans la rue.

Le présentateur passa ensuite à un autre sujet. Avec l'air de ne pas y croire, il déclara :

— La Food and Drug Administration vient de confirmer un fait surprenant : un tiers de la nourriture pour chien vendue aux États-Unis sert à la consommation humaine.

— C'est pas nouveau ! rétorqua le gamin, en se souvenant de son repas du mardi soir.

Mais il devait bien rendre cette justice à Ardis, quand elle servait ça, elle en mangeait aussi. En plus, ce n'était pas si mauvais. Il suffisait de la faire cuire suffisamment, et de ne pas regarder la photo du chien sur la boîte.

La bourse était en baisse, l'inflation grimpait, la Russie, la Chine et l'Amérique se regardaient de nouveau de travers, telle équipe avait perdu tel match, le temps demain sera brumeux, l'air irrespirable.

Enfin, le *Late Show*. Juste avant qu'une poignée de vedettes superbes arrachent l'Ouest aux Indiens renégats, Jay-jay s'endormit.

Il plongea dans un rêve délicieux. Il était dans un restaurant qui servait des centaines de plats de spaghetti, tous plus alléchants les uns que les autres : des spaghetti avec des boulettes de viande, avec de la sauce de clam, avec de l'ail et du beurre, avec de la glace au chocolat. Il avait commandé une assiette de chaque sorte et s'apprêtait à plonger sa fourchette...

Une main le souleva d'un coup sec, le tirant de son sommeil. Jay-jay ouvrit les yeux sur un kaléidoscope de rouges, de verts et de bleus. Il entendit un crépitement, un bourdonnement lancinant.

— Je t'avais prévenu ! cria Ardis. (Elle se mit à secouer Jay-jay comme un prunier.) Tu as réussi. Le tube est fichu, grillé ! Touche-le ! dit-elle en tapant sur le poste. Il est chauffé à blanc !

— Je n'ai rien fait, j'ai...

Jay-jay tenta d'expliquer que le téléviseur n'était pas cassé. Les émissions étaient tout simplement terminées. Mais Ardis était trop saoule pour écouter.

Elle repoussa le gamin sur le lit de camp. La toile craqua quand il retomba. Elle se mit à tourner frénétiquement le bouton, mais chaque cliquetis du sélecteur de chaîne s'accompagnait d'un bourdonnement plus fort. L'écran restait tout aussi brouillé.

Jay-jay se recroquevilla contre le mur, essayant de trouver un moyen de s'en tirer. Elle était ivre, ivre comme il ne l'avait jamais vue. Ça lui arrivait environ toutes les trois semaines. Elle s'en allait brusquement, revenait du réservoir à gin le plus proche au bout d'une heure, cassait deux ou trois trucs dans l'appartement, lui flanquait une raclée puis s'écroulait, abrutie par l'alcool.

Jay-jay commençait à descendre du lit quand Ardis poussa un hurlement de bête. Le bouton du sélecteur avait fini par lui rester dans les mains.

— Tu as vu ce que tu as fait? s'écria-t-elle, en versant des larmes de frustration.

Jay-jay croisa ses bras sur sa tête pour se protéger de la pluie de coups.

— Tout va toujours de travers, sanglota Ardis. Pourquoi moi? Un poste tout neuf, et tu... et ce salaud qui n'est pas venu! Et le type à qui j'ai payé deux verres! Ce culot! Il s'est tiré avec cette pute de barmaid! Je n'aurais pas été obligée de sortir ce soir si tu n'étais pas rentré aussitôt! Et en plus tu t'es fait voler tes vêtements! Et tu...

Le flot de paroles continuait à se déverser. Jay-jay n'essaya même pas de répondre; Quoi qu'il dise, il serait toujours coupable, il le savait. Tout ce qui n'allait pas, c'était de sa faute! Ce parti pris semblait rendre la vie plus supportable à Ardis.

— Tu oses me frapper! Tu oses! hurla-t-elle quand Jay-jay voulut se défendre.

Une claque retentissante l'envoya bouler. Sa tête heurta le mur avec un bruit mat. Il se mit à pleurer. Des larmes d'impuissance plus que de douleur.

— Je vais te donner de bonnes raisons de chialer ! gronda Ardis, le regard noyé par l'alcool.

Elle se rua de nouveau sur lui. Jay-jay se baissa pour échapper à ses bras qui tournoyaient comme des hélices et elle alla se cogner contre le chambranle de la porte. Elle s'y appuya, luttant pour retrouver son équilibre.

— Reste tranquille et laisse-moi te donner ce que tu mérites ! rugit-elle. Arrête de bouger, sinon ça va vraiment être ta fête !

Jay-jay se déplaçait prudemment d'un bout à l'autre du salon, faisant en sorte de laisser un ou deux meubles entre lui et Ardis, qui cherchait toujours à le coincer.

Elle plongea pour l'attraper par le bras, renversant la lampe posée sur la table derrière laquelle il s'abritait. L'ampoule ne se brisa pas. La lampe roula par terre, dessinant des zones d'ombre et de lumière sur les murs.

— Ah, tu vas l'avoir ta correction, siffla-t-elle. Viens ici tout de suite !

« Pas question », pensa Jay-jay. La révolte se mit à gronder dans sa poitrine et se diffusa dans tout son corps :

— Je ne me laisserai plus faire, ni par toi ni par quelqu'un d'autre. Plus jamais !

Ardis contourna le poste de télé posé sur une petite table, feintant afin d'atteindre le gamin. Elle agrippa le bras de Jay-jay, qui parvint à se libérer de l'emprise de ses ongles pointus en tirant d'un coup sec. Ardis se prit le pied dans un des tubes d'acier de la table. Elle s'écroula, entraînant le poste dans sa chute.

Jay-jay resta figé sur place, regarda Ardis et le téléviseur tomber comme au ralenti. La femme toucha le sol la première. Puis des fragments argentés ruisselèrent, s'éparpillèrent aux quatre coins de la pièce tandis que l'écran explosait, dénudant les fils et les transistors qui jaillirent comme des diables de leur boîte.

Ardis resta allongée, immobile. La perruque blonde avait glissé de sa tête et gisait sur le sol, près d'elle.

« Est-elle?... » pensa Jay-jay glacé de terreur.

Elle commença à ronfler. Le gamin laissa échapper un soupir de soulagement.

Il essuya la sueur qui inondait son visage, puis tâtonna pour trouver ses lunettes. Il les chaussa et la pièce devint plus nette.

Jay-jay contempla le désastre.

— Si je compte jusqu'à dix avant de me pincer... (Il ferma les yeux puis les rouvrit.) De la colle? Un fer à souder? gémit-il, tout en sachant très bien que c'était idiot.

« Si j'arrive à aller de l'école à la maison sans poser le pied sur une lézarde, tout ira bien aujourd'hui. Si j'arrive à compter jusqu'à cinquante avant que le feu passe au vert... » Mais tous les jeux magiques étaient devenus inefficaces.

« Il faut que je me sorte de là! Ardis peut se réveiller d'une minute à l'autre! »

Jay-jay avança dans le couloir recouvert de linoléum qui menait à la cuisine. Il se dressa sur la pointe des pieds et tira la corde qui était censée allumer le plafonnier. La pièce resta plongée dans le noir. Ardis avait dû enlever l'ampoule pour la mettre sur une autre lampe de l'appartement.

Les minutes passaient. Jay-jay restait devant la fenêtre, cherchant désespérément une idée. Il regarda le ciel noir et les myriades d'étoiles... aucune aide à attendre de ce côté-là.

« Qu'est-ce qu'elle va me faire quand elle se réveillera? » Il sentait son estomac se crisper.

— Je ne me laisserai plus cogner. Plus jamais! s'écria-t-il.

Ses mots s'enfuirent dans la nuit par la fenêtre ouverte. Jay-jay comprit soudain qu'il ne pouvait pas rester une seconde de plus dans cet endroit.

Il se rua dans le salon, contournant Ardis qui ronflait. Il enfila son vieux jean raccommodé, puis fit le tour de l'appartement pour ramasser le reste de ses vêtements. Il laça ses chaussures de toile Captain America — « heureusement que je ne les avais pas sur moi quand Elmo m'a attaqué » —, attrapa son blouson réversible, son couteau de poche, et sortit ses livres de classe de son havresac.

— Je n'aurai pas besoin de tables de multiplication pour faire du stop jusqu'en Californie, dit il. Je ron contrerai un autre garçon et nous ferons le tour de l'Amérique, comme dans *Route 66*. Non, je voyagerai tout seul en moto comme dans *Then came Bronson*. Je n'ai besoin de personne! Il n'y aura personne pour me donner des ordres. Brosse tes dents. Descends la poubelle. Ne reviens pas avant la nuit. Je vivrai de... de quoi?

Jay-jay retourna dans la cuisine. Zut! Toujours pas de lumière! Il fit claquer ses doigts, ouvrit la porte du frigo. Une faible lueur se répandit dans la pièce.

Des radis moisis, des feuilles de salades flétries, un pot de mayonnaise qui virait au brun — rien qui vaille le coup d'être emporté. Il fouilla dans les placards; juste quelques miettes dans la boîte de gâteaux, et trois grammes de beurre de cacahuète. Même pas de quoi tartiner une tranche de pain s'il en était resté une.

— Ce n'est pas le moment de s'occuper de ça, souffla Jay-jay. L'important, c'est de sortir d'ici avant qu'elle se réveille. Parce que si elle t'attrape...

Jay-jay avait encore plus peur d'Ardis après une

cuite. Quand elle sortait des limbes, elle ne titubait plus. Et elle ne se rendait pas compte de sa force quand elle frappait.

— Je ne reviendrai jamais, jamais, dit Jay-jay aux quatre murs de la pièce.

Mais tout au fond de lui il savait que dès que quelque chose n'irait pas, un petit rhume ou un repas sauté, il rentrerait en courant, la tête basse.

— Tu sais que tu le feras, poule mouillée, grommela-t-il. Parce que tu es comme ça. Est-ce que tu as protesté quand ce type t'a donné des coups sur le terrain de basket? Il aurait suffi que Dolorès fasse claquer ses doigts pour que tu ailles lui acheter une autre glace! Ose dire que ce n'est pas vrai? Souviens-toi de toutes les raclées qu'Ardis t'a données. Et tu en supporteras d'autres, à moins que...

Ce qu'il fit alors, Jay-jay aurait été totalement incapable de l'expliquer, même si on l'avait torturé, même si on avait essayé de le soudoyer en faisant miroiter la promesse d'un vélo de course à dix vitesses.

Il s'approcha d'Ardis sur la pointe des pieds. D'un air solennel, il ramassa la perruque et arracha les touffes de cheveux synthétiques du filet sur lequel ils étaient fixés. Le sol fut bientôt jonché de boucles blondes gisant autour de la tête d'Ardis.

Jay-jay remonta la fermeture éclair de son blouson.

— Je ne reviendrai jamais! lança-t-il à l'intention du désordre qui régnait dans la pièce. Quoi qu'il arrive. Que je meure si je ne tiens pas ma promesse...

Puis il se faufila sur le palier, dévala les escaliers sombres, vers les rues faiblement éclairées par les premières lueurs de l'aube, pour trouver sa vie.

3

Samedi, en fin d'après-midi, Jay-jay se réveilla brusquement dans le parc. Quelque chose mordillait sa chaussure.

— Quoi ? s'écria-t-il en se redressant vivement.

Il vit alors son assaillant, un petit chien décharné au pelage multicolore. L'agresseur détala, puis revint à la charge, grignotant la toile.

Le gamin secoua la jambe pour se libérer.

— Idiot, dit-il. Ça ne se mange pas. Sinon, ça fait longtemps que j'y aurais goûté.

Le bâtard ne le crut pas, et Jay-jay poussa un hurlement lorsque les dents pointues transpercèrent son soulier. Il fit semblant de vouloir donner un coup de pied au chien :

— Allez, tire-toi.

Le soleil avait disparu derrière les immeubles qui bordaient le côté ouest du parc. Jay-jay frissonna de froid et de sommeil. Encore étourdi, il se releva et chercha ses lunettes. Il les trouva, et passa ses doigts dans les trous qui remplaçaient les verres.

Il rentra les épaules :

— Je crois qu'il va falloir que j'apprenne à me débrouiller sans elles.

L'estomac du gamin se noua quand il se redressa brusquement. Il dut fermer les yeux pour vaincre le vertige qui s'était emparé de lui.

— Si je ne trouve pas quelque chose à manger tout de suite...

Des épines lui déchiraient les mollets tandis qu'il se frayait un chemin à travers les taillis. Le chien le

24

suivait prudemment. Il s'arrêta près d'un gros buisson d'aubépine, guettant le garçon.

Jay-jay ramassa un bâton et l'agita.

— Avant tout, il faut que je trouve de la nourriture, des vêtements, et un abri. Autrement dit, je n'ai pas de temps à te consacrer. Ce n'est pas de ma faute si on t'a laissé mourir de faim ici. Maintenant, fiche le camp !

L'escarpement de la Grande Colline se dressait devant Jay-jay. Il escalada le versant nord en s'accrochant aux arbustes. De temps en temps, il s'asseyait contre un frêne à l'écorce noire pour se reposer. Il atteignit enfin le sommet. Écartant les branches des azalées et des sassafras, il regarda. Personne en vue.

Pendant la journée, les vieux du voisinage venaient s'asseoir sur le plateau de la Grande Colline. Certains jouaient aux boules sur le long terrain rectangulaire. A cette heure-ci, le large cercle de bancs était vide.

Jay-jay passa en revue toutes les poubelles disposées çà et là sur l'étendue plane. Les deux premières ne recelaient aucun trésor. La troisième fut la bonne. Jay-jay trouva les restes d'une aile de poulet.

— Zut ! cria-t-il en courant après le chiot qui avait arraché le mets succulent de ses mains. Lâche ça ! Tu vas écraser les os ! hurla-t-il.

Mais le voleur avait déjà disparu en bas de la pente.

— Ça ne se reproduira plus, jura le garçon, en recommençant à fouiller les corbeilles.

Il trouva la moitié d'un sandwich au thon, et une grosse gorgée de jus d'orange qui était restée au fond d'une boîte.

Les mains tremblantes, Jay-jay s'assit en tailleur sur l'herbe et se força à manger le pain détrempé.

Une dernière exploration lui permit de trouver assez de nourriture pour calmer sa faim. Quelques chips, des restes de hot-dogs — il y avait même encore de la moutarde — et un trognon de pomme.

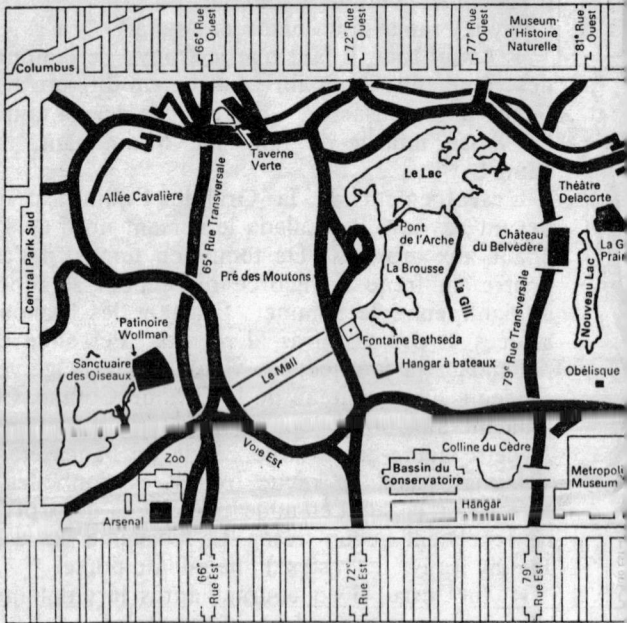

Columbus

66e Rue Ouest
72e Rue Ouest
77e Rue Ouest
81e Rue Ouest

Museum d'Histoire Naturelle

Taverne Verte

Allée Cavalière

Central Park Sud

65e Rue Transversale

Le Lac

Théâtre Delacorte

Pont de l'Arche

La Brousse

Château du Belvédère

La G Prairi

Pré des Moutons

Patinoire Wollman

Sanctuaire des Oiseaux

Fontaine Bethseda

Le Mall

Hangar à bateaux

79e Rue Transversale

Nouveau Lac

Obélisque

Voie Est

Zoo

Colline du Cèdre

Bassin du Conservatoire

Arsenal

Hangar à bateaux

Metropoli Museum

66e Rue Est
72e Rue Est
79e Rue Est

Central Park

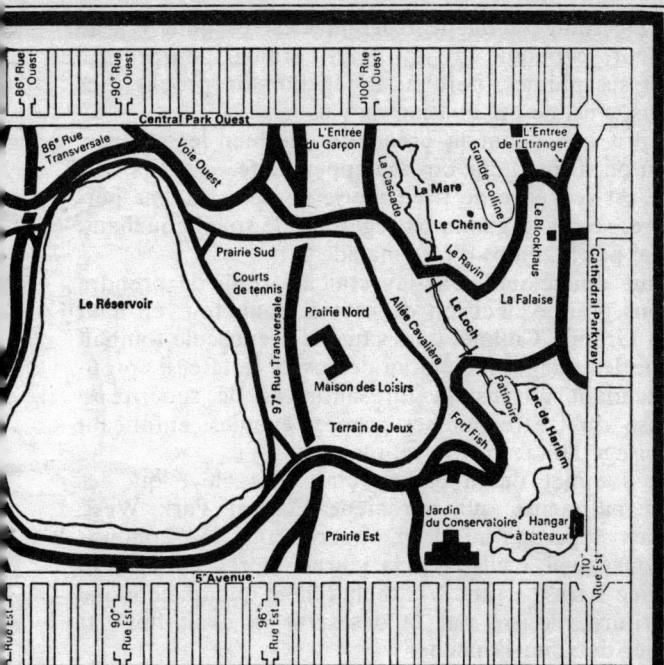

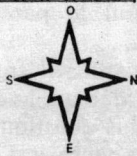

— De toute façon, le trognon c'est ce qu'il y a de meilleur, expliqua Jay-jay à un cardinal pourpre qui lissait ses plumes, perché sur un buisson proche. Les pépins, c'est ce qui contient la vie.

Il prit cependant la précaution de bien les mâcher. Sinon on risquait d'avoir une appendicite.

« C'est le genre de truc que je ne peux pas me permettre, se dit le gamin en regardant le soleil couchant. Je n'ai pas le temps d'être malade. »

Tout doucement, Jay-jay était en train de prendre la plus grande décision de sa vie. Seul, tout en haut de la Grande Colline, tandis que le crépuscule tombait et que les nuages filaient au-dessus de sa tête, il éprouva pendant un instant un sentiment de sécurité si intense qu'il étreignit ses propres épaules, enfonçant son visage au creux de ses bras.

Le sommet de la colline était plus élevé que les hauts bâtiments qui bordaient Central Park West. Jay-jay regarda au loin, apercevant les sombres canyons où il avait passé la journée après s'être enfui de chez Ardis, errant à la recherche d'une quelconque nourriture. Poussé par le désespoir, il avait fini par essayer de voler la pêche.

— Seul le parc a été bon pour moi, constata le garçon.

Le parc... Il frappa dans ses mains, s'applaudissant pour l'idée qu'il venait d'avoir.

— Plus question de faire du stop jusqu'en Californie ! Je vais vivre ici, dans le parc ! s'écria-t-il. Jusqu'à la fin de mes jours !

Le temps d'un battement de cœur, le monde resta suspendu, figé dans cet instant privilégié où le crépuscule cède la place à la nuit. La dernière flamme du soleil illumina le ciel avant qu'il ne vire au bleu profond. La brise changea de direction en se rafraîchissant, et les fleurs de septembre refermèrent leur corolle. Les lampadaires du parc s'allumèrent, petits îlots de lumière dans la nuit immense.

Jay-jay savait qu'il était temps de se mettre au travail. Il se leva, emballa les restes qu'il n'avait pas mangés et les fourra dans son sac.

« Avant tout, jeter un coup d'œil aux alentours, pendant qu'il fait encore clair, se dit-il, en hâte. Il faut que tu trouves un endroit sûr pour dormir cette nuit. » Il fit son possible pour ne pas l'admettre, mais à présent que le soir était tombé, il commençait à avoir un peu peur.

Il descendit le versant sud de la colline. Les arbres et les buissons poussaient en abondance et l'odeur du paillis lui fit plisser le nez.

— Trop noir, là-dedans, fit Jay-jay à voix haute, essayant de ne pas perdre courage. Je ne verrais rien venir. Et je ne saurais pas où m'enfuir si j'étais attaqué.

A l'école, on disait que des chiens sauvages erraient dans le parc, la nuit. Ils chassaient les poules qui s'étaient enfuies du ghetto portoricain, où les habitants les gardaient pour avoir des œufs frais. « Ce n'est pas impossible, pensa Jay-jay. En tout cas, s'il n'y a pas de chiens, il y a sûrement des gens. »

— Alors ne sois pas trop surpris si quelqu'un te saute dessus, grommela-t-il.

Quelque chose bruissa dans les taillis. Jay-jay s'arrêta net, puis se mit à courir sans attendre de savoir de quoi il s'agissait.

— Tu as intérêt à explorer cet endroit de fond en comble avant de te risquer à y dormir !

Jay-jay continuait à descendre. Il parvint enfin à la lisière de la forêt. Un quartier de lune voguait dans le ciel. Caché derrière un érable, Jay-jay jeta un coup d'œil prudent alentour. Devant lui s'étalait la longue surface sombre de la Mare. Les berges étaient frangées d'arbres et de rochers. Il s'approcha de l'eau avec toute la prudence d'un éclaireur indien.

— De toute façon, il faut que j'établisse mon camp près d'un point d'eau! Peut-être ici!

Quand il eut terminé son exploration, il déchanta. Des boîtes de bière et des papiers gras flottaient à la surface de l'eau trouble. Il suivit la rive de l'étang vers l'est, en restant sous le couvert des saules pleureurs. Un pont de bois enjambait la Mare. Jay-jay s'engagea sur les planches et arriva devant la Cascade.

L'eau dégringolait d'une falaise rocheuse, longeait le Ravin puis s'engageait dans un tunnel. Il sauta les trois marches qui y menaient. Des blocs de pierre taillée formaient une arche au-dessus de lui. Il traversa la caverne en courant, enchanté par l'écho qui répétait son nom. A l'autre extrémité, le ruisseau se jetait dans le Loch. Là, la surface liquide redevenait calme et relativement propre.

— A part une ou deux bouteilles de Coke... dit Jay-jay, joignant ses mains en coupe pour prendre un peu du breuvage argenté et le goûter. Pas mauvais, déclara-t-il entre deux gorgées. Et si elle est empoisonnée, je le saurai bien assez tôt.

Il y avait un point d'eau, d'accord, mais l'endroit semblait trop fréquenté. Jay-jay quitta le sentier pour explorer une pente rocheuse. Il découvrit une petite grotte parmi les broussailles denses qui dominaient le Loch. Ce n'était guère plus qu'une légère dépression dans le sol, mais c'était suffisant pour un petit garçon.

La nuit était bien avancée à présent. Jay-jay se força pourtant à ramasser des aiguilles de pin et des feuilles mortes afin d'en tapisser le sol de son abri. Il rampa à l'intérieur et ramena quelques branches de pin derrière lui pour dissimuler complètement l'entrée.

— Voilà, c'est terminé, fit-il en s'installant avec une satisfaction mêlée de gêne.

Il s'aperçut alors qu'il avait envie de faire pipi. Il se

redressa en grognant, sortit à quatre pattes, et se soulagea.

— C'est la dernière fois que je fais cette erreur, grommela-t-il.

Il réintégra son trou, posa son sac près de lui et le tapota. Il aurait au moins quelque chose à manger le lendemain matin.

— Dors!

Mais ses yeux s'ouvraient à chacun des bruits de la nuit. Au loin, le hurlement d'un chien déchira l'air. Jay-jay sentit ses cheveux se dresser sur sa tête. Comment les Indiens avaient-ils fait pour survivre? Et Tarzan. Et l'homme des cavernes...

— Du feu! Si seulement je pouvais en faire. Non, ça ne marcherait pas.

Son seul espoir de survie dans le parc, c'était de ne pas être découvert. Ni par les flics, ni par les voyous, ni par les voleurs. «Et encore moins par Dracula!» pensa Jay-jay en entendant un battement d'ailes.

Cent fois, durant cette nuit, il fut sur le point de retourner au meublé. Il se mit même à genoux pour sortir. Mais l'idée de... non, plus question de se laisser cogner. La télé cassée et la perruque déchirée demandaient vengeance. Ardis serait trop contente. Et puis il avait juré.

Ces pensées forcèrent Jay-jay à rester dans sa grotte, le visage enfoui dans un lit de feuilles. Il finit tout de même par s'endormir, trop épuisé pour être encore terrifié par l'obscurité, l'inconnu, et sa solitude.

4

Un chaud rayon de soleil réveilla Jay-Jay. Pendant un bref instant d'hébétude, il ne sut pas où il se trouvait. Puis il aperçut la riche terre brune autour de lui, sentit les aiguilles de pin qui formaient un coussin à son corps.

— Cric, crac, croc, grogna-t-il en sentant ses os craquer tandis qu'il se levait. Hé, mais je me sens bien !

Il avait réussi ! Il avait passé la nuit dans Central Park et il était toujours vivant ! Maintenant, rien ne pourrait lui ôter de l'idée que le parc lui offrait une protection spéciale.

Il rampa hors de la grotte, et sortit dans une aube dorée. Des fauvettes et des grives gazouillaient dans les tilleuls, des écureuils bondissaient çà et là, cherchant des noisettes dans l'herbe luisante de rosée; le monde vert était réveillé et vaquait à ses occupations matinales.

Soudain, il repéra le chien qui l'avait attaqué la veille. Il était assis à quelques mètres de lui et le regardait de ses yeux sombres et brillants. Il se léchait les babines. La main de Jay-jay vola vers son sac.

— Mon déjeuner ! Sale petit voleur ! hurla l'enfant en lançant une branche sur le chiot.

Celui-ci l'attrapa entre ses mâchoires et la rapporta au garçon en remuant la queue. Quand le petit humain fonça sur lui, l'animal comprit et détala. Jay-jay fouilla de nouveau son sac et inspecta la grotte, espérant que le chien aurait laissé quelques miettes. Mais le petit salaud avait tout dévoré.

« Pendant que je roupillais, songea Jay-jay. Toute une nuit passée à fouiller les poubelles pour rien. Je ne peux pas laisser ce genre de choses se reproduire. »

Après avoir surmonté sa colère, il se dirigea vers le Loch pour y faire sa toilette. Le petit déjeuner, par la faute du bâtard, fut un désastre. Quelques miettes de gâteau et un bout de fromage qui avait dû voir des jours meilleurs. Le dessert, en revanche, lui réserva des surprises.

Une douzaine de pinsons étaient en train de picorer les baies d'un merisier. Les petits fruits rouges avaient un goût terriblement amer. Mais si les oiseaux les mangent...

Les merises lui laissèrent la bouche toute fraîche.

Tandis qu'il finissait de déjeuner il se sentit inquiet. Quelque chose le tracassait. Quelque chose qui était resté en suspens ! Mais quoi ? Il compta sur ses doigts toutes les possibilités et les écarta une à une.

— D'abord, il faut que tu trouves un nouvel abri.

Maintenant qu'il voyait sa grotte au grand jour, il constatait à quel point elle était vulnérable. Des graffiti tracés au magic-marker s'étalaient sur un gros rocher proche. Cela signifiait que des gens passaient dans le coin et qu'il risquait d'être découvert.

— Donc, la grotte est éliminée, dit Jay-jay.

« Ensuite, et c'est tout aussi important, il faut que tu découvres un moyen pour t'approvisionner régulièrement.

« Je pourrais peut-être mettre la main sur des graines et commencer à planter ? pensa-t-il en ramassant une poignée de terre. Non, un potager serait le plus sûr moyen de me faire repérer. En plus, imbécile, tu ne peux rien planter avant le printemps. (Il laissa la terre couler entre ses doigts.) Donc, il faudra que je reste un nomade, que je ratisse le parc pour trouver de la nourriture. Jusqu'à ce que quelque chose de mieux se présente. »

Jay-jay referma sa main. La sensation d'inachevé persistait.

— Bof, souffla-t-il en haussant les épaules. Ça finira bien par me revenir. Plus tard, ou demain... Demain ! C'est ça ! s'écria-t-il, en sentant un frisson glacé balayer son corps.

L'école.

Ardis ne donnerait jamais l'alarme. Qu'est-ce que ça pouvait lui faire ? Du moment qu'elle touchait son chèque elle se moquait bien de savoir ce que son « protégé » était devenu. L'assistante sociale n'était pas attendue avant trois ou quatre mois.

Mais à l'école ! On ferait l'appel. On s'apercevrait de son absence. Et l'agent chargé de récupérer ceux qui faisaient l'école buissonnière irait sonner chez Ardis. Elle parviendrait à gagner quelques jours, mais elle finirait par avouer qu'il avait disparu. Et les flics se mettraient à sa recherche.

— Et si tu continuais à aller en classe tous les jours ? se demanda Jay-jay. L'école le matin, le parc l'après-midi ?

Il réfléchit pendant une dizaine de secondes. D'après ce qu'il avait vu les premiers jours, ce trimestre ne serait certainement pas différent des autres. Les gosses qu'on envoyait aux cabinets par deux pour les empêcher de se faire attaquer par les grands. L'herbe et les amphés qui circulaient librement. Les profs éreintés qui menaient une bataille perdue d'avance pour maintenir l'ordre, quel que soit le nombre de couteaux et de pistolets confisqués.

L'école... où tout le monde était plus grand que lui. Plus malin aussi. Même quand Jay-jay connaissait la bonne réponse, il faisait mine de ne rien savoir pour ne pas entendre le professeur dire : « Ne remue pas tes mains en parlant. Arrête de te dandiner. Ne bégaye pas. Ne frappe pas ta tête avec tes doigts. Ne fais pas ci, ne fais pas ça. »

L'école... où il avait été pris de panique à chaque fois qu'il avait été question de fractions. Et ce trimestre, ce serait l'algèbre...

Jay-jay secoua la tête.

— Non, le parc *et* l'école, c'est trop. Il faut choisir. Ça signifie qu'il va falloir faire quelque chose pour l'école. Mais quoi?

Ce problème le rongea toute la journée.

Les eaux de la Mare descendaient la Cascade et se jetaient dans le Loch. A cet endroit, le courant devenaient très fort. Jay-jay construisit donc son bateau avec le plus grand soin.

Il plia la feuille de papier journal, regardant les gros titres disparaître au fur et à mesure que le voilier prenait forme. « La Cour Suprême décide... »

Lorsqu'il eut terminé, Jay-jay baptisa son bateau *Vieille Ferraille,* se pencha au-dessus de la berge et le mit à l'eau.

— S'il arrive à l'autre bout du Loch sans couler, je serai en sécurité, décida le garçon — et il souffla de toutes ses forces pour aider le vaisseau.

Jay-jay longea la rive en sautillant tandis que le bateau dansait puis s'engageait dans les eaux tourbillonnantes. A mi-chemin, la voile s'inclina, toucha la surface, puis se redressa.

— Vas-y, il faut que tu réussisses! pressa le gamin, se tordant les mains pour aider *Vieille Ferraille* à traverser les dangereux rapides.

A neuf mètres du but, le papier journal détrempé refusa d'absorber une goutte d'eau supplémentaire. *Vieille Ferraille* tourna sur lui-même et chavira. Lentement, il s'enfonça dans sa tombe liquide. Jay-jay s'assit brusquement sur la berge, comme s'il venait d'avoir une vision de son avenir.

Plusieurs fois, il frappa sa paume ouverte de son poing.

— C'est à cause de l'école qu'il a coulé. Il faut absolument faire quelque chose. Et si je mettais le feu aux bâtiments, comme les types du collège?

— Non, je ne suis pas un incendiaire, décida Jay-jay qui suivait l'allée cavalière près de la 100e Rue en traînant les pieds. Et puis le ministère de l'Éducation leur donnerait les doubles des dossiers, et je ne serais pas plus avancé. Je ne peux quand même pas passer ma vie à incendier les bâtiments scolaires. Il faut que je trouve un moyen. Personne ne doit soupçonner que j'ai disparu.

Puisqu'il avait décidé de vivre désormais dans le parc, Jay-jay passa la plus grande partie de la journée à reconnaître son territoire. Il nota l'emplacement des rares toilettes publiques et leurs heures d'ouverture. Il repéra toutes les fontaines d'eau potable.

Il découvrit quelque chose d'important concernant l'approvisionnement. Il n'y avait pas grand-chose du côté de la 100e Rue. Il suffisait de regarder les écureuils. Dans ce coin, ils étaient faméliques et terrifiés. Les gosses des pauvres les torturaient certainement plus souvent qu'ils ne les nourrissaient. Au fur et à mesure que Jay-jay avançait vers le sud, les écureuils se remplumaient. Lorsqu'il arriva à la Prairie Nord, le garçon constata que les petits effrontés étaient assez familiers pour venir mendier des restes.

L'école mise à part, Jay-jay avait un gros problème. Il n'arrivait pas à semer ce chiot! A chaque fois qu'il découvrait quelque chose à manger, le petit bâtard le devançait et dévorait tout. Quand par hasard il arrivait le premier, le chien s'asseyait, grognait en agitant son ridicule bout de queue, et regardait le garçon manger avec de grands yeux tristes.

Jay-jay envisagea de le dresser pour en faire un chien de chasse. Mais l'animal ne songeait qu'à s'empiffrer à ses dépens, ou bien à jouer.

— Et j'ai mieux à faire ! cria le gamin au corniaud qui s'enfuit.

Des terrains de football et de base-ball se découpaient dans le Prairie Nord. Jay-jay regarda les joueurs vêtus d'uniformes brillants, rêvant de réussir une super transformation, ou de marquer de la ligne des quatre-vingt-dix.

Mais il savait que ces rêves ne se réaliseraient jamais. Quelque chose en lui l'empêcherait toujours de devenir l'un de ces gamins rembourrés des pieds à la tête. Quelque chose qui l'avait aussi empêché de faire partie d'une bande dans toutes les écoles qu'il avait fréquentées. Il était incapable de dire ce que c'était, et cela le rendait triste.

— Bah ! Tout ça, ce sont des bêtises ! Je n'ai pas de temps à perdre !

Secouant sa mélancolie, il se remit en route.

Sur une aire de pique-nique, près de la 97e Rue, à l'ombre d'un érable flamboyant et d'un if japonais, il trouva un reste de gâteau et une demi-orange. Comme il se rappelait un vieux film anglais, il s'assit par terre pour « prendre le thé ! ».

— C'est le parc qui fait tout ça pour moi, dit-il en avalant une bouchée de gâteau au chocolat avec une tranche d'orange. Je n'avais jamais pris le thé.

Autre leçon à retenir : les poubelles situées près des aires de pique-nique recelaient une plus grande variété de nourriture.

Jay-jay parvint devant une immense cannelure creusée dans la terre. C'était la 97e Rue Transversale. Il se pencha par-dessus le mur de protection, et regarda les voitures qui passaient à toute allure au-dessous de lui. Il cracha sur quelques-unes d'entre elles, des Lincoln et des Cadillac uniquement, avant de décider de ne pas s'aventurer au delà de la 97e Rue.

— Pas aujourd'hui, dit-il. Trop de promeneurs du dimanche.

De plus, il avait des choses plus importantes à faire. Il savait que l'abri qu'il se proposait de trouver, ou même de construire, devrait se situer dans la partie la plus sauvage du parc. Moins il y aurait de gens, moins il risquait d'être découvert.

— Je ferais mieux de retourner sur mes pas et d'explorer la forêt autour de la Grande Colline, se dit-il.

Malgré l'urgence de la tâche, Jay-jay, qui n'était encore qu'un enfant, ne prit pas le chemin le plus court. Il se dirigea vers la Prairie Est et traîna autour des terrains de jeux. Parce que tout était plus vert et plus propre de ce côté du parc, il avait cruellement conscience de ses vêtements usés et sales. A l'autre bout de la pelouse, il aperçut un gamin de son âge qui courait vers lui.

Le garçon traînait le plus beau cerf-volant que Jay-jay ait jamais vu. Un énorme papillon rouge et jaune dont les ailes remuaient doucement tandis qu'il montait dans le ciel d'automne. Encore un prodige de la technique japonaise !

Jay-jay avança à la manière d'un crabe vers l'heureux propriétaire de l'engin, un gosse aux longs cheveux blonds et raides, vêtu d'un blazer bleu à boutons de cuivre et d'un pantalon de flanelle grise. Quand il arriva à trois mètres de lui, le gamin cessa de courir, et envoya un message au papillon par l'intermédiaire du fil de nylon. Le cerf-volant s'éleva plus haut, toujours plus haut.

« Peut-être qu'il me laissera tenir la corde, pensa Jay-jay. Je la lui rendrai tout de suite. »

Il avait besoin de sentir les ailes de l'insecte de papier résister à la pression de l'air, lutter pour conquérir une liberté qui le conduirait tout droit aux cieux.

— Hé ! appela Jay-jay. Il est beau ton...

Mais l'enfant sage et propre courait déjà vers ses jeunes parents manucurés, qui applaudissaient son exploit. Jay-jay regarda la mère prendre le garçon dans ses bras et l'embrasser, le père lui donner une tape amicale sur l'épaule.

— Pouah! Quand je pense à tout ce qu'il doit supporter! grommela-t-il.

Brusquement, il vira sur ses talons et braqua ses doigts-canons de DCA vers le ciel. Visant soigneusement l'engin ennemi, il pressa len-te-ment la détente. Un crépitement. Les balles traçantes touchèrent leur but et l'OVNI explosa en mille morceaux.

Jay-jay secoua le poing:

— Tout engin qui survole mon territoire...

Il enfonça ses mains dans ses poches et s'en alla en sautillant, ignorant le point minuscule qui flottait encore paresseusement dans l'espace.

La jungle qui encerclait la Grande Colline était moins terrifiante de jour que de nuit. «En fait, pensa Jay-jay qui se frayait un chemin dans un dédale de houx, de troènes et de buissons épineux, je pourrais vivre heureux ici, comme Yogi l'Ours.» Un tapis de feuilles aux couleurs chatoyantes recouvrait le sol qu'il foulait, et des rayons de soleil perçaient le baldaquin de verdure.

— Bon, j'ai essayé de vivre à ras de terre, et ça n'a rien donné. Si je regardais un peu plus haut? (Il pensait encore au cerf-volant.)

Il passa le reste de l'après-midi à sillonner la Grande Colline à la recherche de l'Arbre. Un orme au tronc glissant lui parut convenir. Mais il était vraiment trop glissant. Quand il parvint enfin à y grimper, il vit que le grand végétal souffrait d'une sorte de rouille.

Un bouleau blanc l'amusa beaucoup. Ses branches fines ployèrent sous son poids. Une véritable balançoire. Les conifères sentaient Noël mais leurs aiguilles poussaient si dru qu'à chaque fois qu'il se retournait sur les branches, il se piquait. « C'est pas drôle de vivre dans un arbre acupuncteur », pensa-t-il.

Sans prêter attention à ses mains et à ses genoux écorchés, Jay-jay grimpait, explorait, redescendait, éliminant les candidats les uns après les autres; pas assez touffu pour le cacher, pas assez solide pour supporter la cabane qu'il avait l'intention de construire.

C'est alors qu'il le vit.

— Et moi qui n'ai jamais cru au coup de foudre!

Il fit le tour de l'arbre massif.

Un chêne, oui c'était certainement un chêne. Le tronc noueux, à l'écorce noircie, était légèrement argenté.

— Le seul ennui, c'est que c'est pas de la tarte pour y grimper, maugréa Jay-jay, tandis que ses mains et ses pieds cherchaient une prise. (Il y avait bien quelques trous d'écureuil désertés et des nœuds protubérants.) Ça ne fait rien, souffla-t-il, plus c'est dur, moins ce sera accessible aux intrus... Plus tard, quand tu seras installé, tu trouveras bien un système pour monter et descendre sans te fatiguer, haleta-t-il, après avoir réussi à atteindre la branche la plus basse.

Le reste de l'ascension fut plus facile. A mi-hauteur quatre grosses branches se rejoignaient, formant une surface relativement plane où l'on pouvait se reposer. C'est là que Jay-jay décida de rester.

Il lui sembla que la journée venait à peine de commencer, pourtant la nuit tombait déjà. Du haut de son observatoire, il regarda la brume bleuâtre recouvrir son domaine sauvage. L'alouette et le grand plongeon lancèrent leur dernière chanson puis se turent.

Jay-jay s'installa confortablement au creux des branches, les jambes allongées, le dos bien calé.

— Pas de dîner ce soir, fit-il, mais ce n'est pas grave. Je n'aurais rien pu avaler de toute façon. Pas avec ce qui m'attend.

Toute la journée, il n'avait cessé de penser à l'école. Maintenant, il savait ce qu'il devait faire. Durant les heures qui suivirent, Jay-jay prépara son plan. Le son grave et lointain des cloches d'une église marqua minuit.

— Il faut que tu le fasses. C'est le seul moyen, se répéta-t-il, tentant de se préparer psychologiquement à l'action.

Mais il trouvait des centaines de raisons pour ne pas quitter l'abri de l'arbre. Tout d'un coup, quelque chose surgit de nulle part, imprégna son esprit et le décida.

Lorsqu'il était petit, à l'orphelinat, tous les enfants devaient aller à l'église le dimanche, quelle que soit leur religion. L'homme qui récitait le sermon avait dit quelque chose, quelque chose qui était resté endormi dans l'esprit de Jay-jay depuis toutes ces années, attendant son heure. Et cette heure était enfin venue.

Il descendit du chêne, tremblant de peur, Pourtant, il savait qu'il lui fallait sortir du parc, se glisser dans la jungle de béton des rues avoisinantes, prendre d'assaut la forteresse de pierre de l'école secondaire et détruire ses dossiers. Jusqu'au dernier. Afin qu'il ne reste aucune trace de son ancienne existence.

C'était le seul moyen s'il voulait commencer une nouvelle vie.

5

— Pas de quoi avoir la trouille, souffla Jay-jay, les mâchoires crispées.

Mais le terrain grouillait d'ombres vivantes. Il lui fallut un temps infini pour traverser les broussailles. Il monta à flanc de colline, coupa vers le nord sur le plateau balayé par le vent, puis redescendit vers la sortie de la 106ᵉ Rue.

Les viols, les meurtres, les agressions avaient fait de cette zone un no man's land. Même les bandes de voyous ne s'y aventuraient pas après la tombée de la nuit.

Près de la sortie, Jay-jay se tapit derrière une masse de lierre japonais et s'assura que la voie était libre. De l'autre côté de l'avenue, les grands immeubles étaient plongés dans l'ombre. Une voiture solitaire remonta Central Park Ouest à toute allure, puis disparut dans une traînée de lumière rouge.

Jay-jay bondit hors des buissons. Restant dans l'ombre, il prit la 106ᵉ Rue. Dans cet étrange pays de pierre et de métal bleuté, il se sentit soudain étranger.

Un chat noir traversa le macadam devant le garçon avant de s'engouffrer dans un sous-sol.

— Porte-malheur! fit Jay-jay en crachant trois fois pour conjurer le sort.

Il approchait de Colombus Avenue. Le néon rouge de l'enseigne d'un bar s'allumait et s'éteignait. Deux personnes sortirent du club en titubant : une femme aux vêtements voyants et un homme qui portait des chaussures multicolores à semelles compensées. Jay-jay plongea dans un porche. Le couple traînait au coin de la rue. L'homme et la femme étaient en train de négocier.

— Impossible d'attendre plus longtemps, murmura le gamin.

Prenant son courage à deux mains, il traversa la rue et s'éloigna rapidement.

Arrivé à Columbus, Jay-jay tourna à gauche et continua jusqu'à la 103ᵉ Rue, qu'il remonta. Les magasins obscurs étaient fermés. Les rideaux de fer et les lourds cadenas témoignaient en silence de la confusion qui régnait au pays de la loi et de l'ordre. L'épicerie, l'église de la Pentecôte. Tous ces jalons devant lesquels Jay-jay était passé cent fois de jour paraissaient terrifiants sous la lumière fluorescente des réverbères.

— C'est comme si tout avait été vidé de son sang, marmonna-t-il, passant sa langue sur ses lèvres sèches.

Et brusquement, il le vit, tapi dans l'ombre, prêt à sauter sur lui : le bâtiment de l'école et ses trois étages. Jay-jay longea la façade. Une grille aux barreaux pointus, des portes cadenassées. Il se dirigea vers la cour, située sur le côté ouest.

— Tu parles d'une cour! siffla le garçon.

A chaque récré, les fournisseurs de drogue y vendaient leur marchandise au grand jour; de l'herbe, de l'acide, vingt-cinq dollars pour un sac d'héroïne pas plus gros qu'un chewing-gum.

La zone de jeu était séparée de l'école proprement dite par un grillage métallique.

« Il va falloir que tu escalades ça pour entrer, se dit Jay-jay, estimant la hauteur de la barrière à environ sept mètres. Si tu tombes, tu te brises le cou. Allez, vas-y! (Il s'agenouilla pour attacher solidement ses lacets.) Tu dois avoir deux dossiers seulement, un à l'infirmerie, l'autre au secrétariat. Ça ne devrait pas te prendre plus de cinq minutes. »

Jay-jay aspira une grosse goulée d'air et commença son ascension, enfonçant ses chaussures dans les losanges de fils de fer qui vibraient sous son poids. Ses mains furent bientôt rouges. Le métal y laissait une empreinte douloureuse. Ses doigts devinrent gourds. Il continua.

Enfin, il parvint en haut du grillage. Il souffla quelques secondes avant de redescendre de l'autre côté. Ce fut plus aisé. Mais il vaudrait mieux que pour sortir, il trouve un autre chemin.

— La sous-alimentation, c'est mauvais pour le sport, déclara le gamin.

Les murs de brique de l'école était couverts d'inscriptions et barbouillés de peinture à la bombe. Des noms : Ronnie, Larry, Teddy. A un endroit totalement inaccessible, un Michel-Ange entreprenant avait réussi à écrire : « L'école c'est la mort. »

Restant courbé, Jay-jay fila vers la porte de derrière. Bouclée. Toutes les fenêtres du rez-de-chaussée étaient fermées. Il en choisit une en angle, et enfonça son coude dans la vitre, comme il l'avait vu faire dans *Police Story.* Le fracas du verre brisé rompit le silence.

Jay-jay s'aplatit contre le mur, prêt à fuir au moindre bruit. Il compta jusqu'à soixante, passa sa main par la vitre cassée et ouvrit. Il grimpa sur l'appui de la fenêtre et se laissa tomber de l'autre côté.

Il fallut un moment à ses yeux pour s'habituer à l'obscurité.

« Le sous-sol, c'est là que je suis ! » Il reconnaissait les tuyaux qui passaient au dessous de sa tête. Ses pieds étaient plus lourds que du plomb. A pas de loup, il suivit un long couloir, puis se hissa au sommet des marches. Les mêmes murs, le même carrelage. Pourtant tout semblait différent. L'odeur avait changé. Un parfum de désinfectant et de vide. Il eut presque envie d'entendre le surveillant réclamer le silence à grands cris.

Sur le palier du premier étage, le bruit d'une radio parvint aux oreilles de Jay-jay. Sa première impulsion fut de s'enfuir. D'essayer de s'en tirer sans détruire ses dossiers. Parce que la musique provenait du secrétariat.

Seul le souvenir du sermon du dimanche à l'orphelinat l'empêcha de détaler.

— Allez, du courage, s'ordonna-t-il. Il doit bien y avoir un moyen. Oublie ton plan. Réfléchis !

Rien ne vint. Ses chaussures de toile ne firent aucun bruit lorsqu'il avança dans le couloir. Il s'accroupit. De l'endroit où il se tenait, il pouvait voir l'intérieur du secrétariat, dont la porte était ouverte.

Affalé dans un fauteuil, les pieds sur la table, Blutkopf, le garde, lisait un magazine masculin et remuait la main machinalement, au rythme de la musique. Sur le bureau, six boîtes de bière et les restes d'un sandwich aux boulettes.

— J'aurais dû penser que Blutkopf serait de service.

Bien qu'une trêve ait été déclarée entre la direction de l'école et les parents, le ministère de l'Éducation ne faisait confiance à personne. Depuis quelques semaines on avait posté le flic dans l'école pour empêcher les militants de l'un ou l'autre des deux camps d'envahir les bâtiments à la dernière minute.

Aucun des enfants n'aimait Blutkopf. Les joues bien roses, le nez en patate, il ressemblait à un officier allemand des feuilletons de la télé. Un rire joyeux montait en grondant de son gosier, véritable réservoir à bière, à chaque fois qu'il malmenait les gamins, sous prétexte de les fouiller pour voir s'ils ne cachaient pas d'armes.

Jay-jay battit en retraite dans le couloir. Il n'avait toujours pas trouvé de plan, aussi décida-t-il de s'occuper d'abord de l'infirmerie. Il avait vu un fichier là-bas le jour de l'ouverture de l'école, lorsque l'infirmière l'avait soigné pour son impetigo.

Heureusement, le bureau médical se trouvait tout à fait à l'opposé de l'endroit où le flic était installé. Lentement, Jay-jay tourna la poignée de la porte. Fermée, elle aussi. Il ouvrit son couteau de poche et creusa le bois jusqu'à ce que le verrou soit mis à nu. Il pressa la lame contre le pêne, et la porte céda.

Jay-jay tendit l'oreille vers le secrétariat. La radio marchait toujours. Aucun mouvement. Il entra dans l'infirmerie, tâtonnant dans l'obscurité. La pièce sentait le médicament. Il étouffa un cri lorsqu'il se cogna le tibia contre un classeur métallique.

Il faisait trop noir. Impossible de distinguer quoi que

ce soit. Il fallait courir le risque de craquer une allumette. Jay-jay abrita la flamme dans sa main en coupe. Les fichiers métalliques occupaient tout un mur. Il trouva celui qui concernait sa classe, ouvrit le tiroir et feuilleta les dossiers.

— Ah! Nous y voilà!

Nom. Age. Parents — cet espace était resté vide. Traité pour impetigo. Commentaire de l'infirmière : « Sous-alimenté. Hostile et renfermé. Comportement antisocial prononcé. » Recommandation : « Devrait être confié à un psychologue pour enfants. »

Jay-jay n'accorda pas beaucoup d'importance à ce conseil. L'infirmière ne l'avait pas vu cinq minutes. Et puis les autres lui avaient dit qu'elle donnait cette recommandation pour tous les élèves. Parce qu'elle suivait des cours de psychologie à l'université.

— Va au diable, poupée, marmonna Jay-jay, toi et tes psychologues.

Il fourra le dossier dans son pantalon et serra sa ceinture pour qu'il ne tombe pas. Sur l'un des fichiers, Jay jay repéra un arrêt de porte. Il empocha le triangle de caoutchouc sans trop savoir pourquoi.

Sur un coup de tête, il retourna vers les classeurs et chercha le dossier de Dolorès à la lueur d'une seconde allumette. Pas de traitement pour elle. Rien. « Évidemment, puisqu'elle est parfaite. » Il porta la fiche à ses lèvres, puis la remit en place. Le tiroir se referma avec un cliquetis mélancolique.

Ensuite, Jay-jay se dirigea vers l'armoire à pharmacie dont il força la serrure.

« En fait, rien de tout ça ne m'intéresse », se dit-il, fourrant des cachets de vitamines, des bandes et du mercurochrome dans son blouson, ainsi que de l'aspirine, un tube de vaseline et une paire de ciseaux. Il voulait que demain matin, lorsqu'ils découvriraient la porte abîmée, les responsables croient à une tentative de vol de la part d'un drogué, qui aurait cherché quelque chose à se mettre sous la dent et serait reparti sans rien trouver d'intéressant.

Maintenant, le plus dur restait à faire. Comment obliger le flic à sortir du bureau? Mettre la sirène d'incendie en marche? Il leva les yeux vers la boîte rouge accrochée au mur. Il mourait d'envie de tirer le levier, ne fût-ce que pour le plaisir.

« Ce soir, moi, Jay-jay, je commence ma vie. Et *personne* ne fermera l'œil de la nuit! »

Mais il comprit que la sirène risquait de produire l'effet contraire à celui recherché. Les pompiers arriveraient en quelques minutes et des dizaines de gens envahiraient le bâtiment.

Ouvrir la lance à incendie? Il ne faudrait que quelques secondes à Blutkopf pour refermer le robinet. Non, il devait imaginer une diversion qui éloignerait le flic du bureau le temps de récupérer son dossier et de filer sans se faire repérer.

Mais quoi? Quoi? Jay-jay fit craquer ses phalanges. Il enfonça ses mains dans ses poches et ses doigts se refermèrent sur l'arrêt de porte.

L'idée jaillit dans sa tête :

— Alors c'est pour ça que je l'ai pris!

Elmo s'était servi de son pied pour empêcher la porte de l'ascenseur de se refermer. Mais à présent...

Les toilettes se trouvaient à moins de dix mètres du bureau. Jay-jay se dirigea vers celles des garçons. A la dernière seconde, il se glissa chez les filles.

— Autant voir quelque chose de nouveau, non? A l'intérieur, il regarda tout autour de lui d'un œil vierge. Rien pour se soulager debout. Tout à fait inefficace. S'il faut s'asseoir à chaque fois...

— Allez, au boulot, s'exhorta-t-il.

Il ferma la bonde du lavabo et boucha le trop-plein avec du papier hygiénique. Il ouvrit les robinets à fond, attendit que le lavabo déborde, et sortit en courant. Il piqua un sprint le long du couloir et se tapit dans la cage d'escalier. A travers les barreaux de la rampe, il vit un filet d'eau filtrer sous la porte des toilettes. Le filet grossit et commença à couler vers le secrétariat.

La radio s'arrêta brusquement. Jay-jay n'entendait pratiquement rien tant son cœur battait fort. Blutkopf mordrait-il à l'hameçon? Une chaise grinça, puis le gardien cria: « Qu'est-ce qui se passe ici? » Il alla jusqu'au seuil de la porte et vit la flaque qui grandissait.

Jay-jay regarda l'ombre de Blutkopf filer le long du couloir, monstre aux pieds d'éléphant et à la tête pas plus grosse qu'une épingle.

Le flic avançait prudemment maintenant. Il avait ouvert son holster.

— Okay, qui que tu sois, sors, les mains sur la tête, dit-il à la porte des toilettes des filles.

Mais sa voix semblait mal assurée. Sa main glissa vers le walkie-talkie qui pendait à sa ceinture. Devait-il appeler le quartier général? Pour dire quoi? Que l'eau coulait?

Tout d'un coup, Blutkopf fit claquer ses doigts:

— C'est un tuyau qui a crevé, voilà tout. Ou un des profs qui a laissé tomber une serviette dans la cuvette. Ça arrive tout le temps.

Jay-jay se colla contre les marches. Couvrant les battements de son cœur, il entendit les pas hésitants, le craquement de la porte des toilettes qui s'ouvrait, se refermait. Puis le silence.

« Maintenant! » Il bondit hors de la cage d'escalier pour se précipiter vers les toilettes.

A l'intérieur, le regard de Blutkopf tomba sur le lavabo qui débordait. Au moment où il s'approchait pour fermer le robinet il vit le trop-plein bouché et comprit qu'il était tombé dans un piège. Il voulut sortir, mais le sol mouillé le retarda.

Juste assez longtemps pour que Jay-jay glisse le morceau de caoutchouc sous la porte, à l'instant même où Blutkopf s'y appuyait de toutes ses forces, ce qui eut pour effet de coincer encore plus solidement le battant de bois.

Le flic cogna sur la porte avec la crosse de son arme. Il se retourna, chercha une autre sortie. Pas de fenêtre. De l'eau jusqu'aux chevilles. Il jura de mettre en charpie celui qui l'avait enfermé dans ce piège à rat.

Jay-jay courut vers le secrétariat, et grignota les restes du sandwich tout en cherchant fébrilement son dossier dans les classeurs. Avec la lumière, tout devenait plus simple.

« Le voilà ! » Plus épais cette fois-ci. Il s'empara de l'enveloppe et la fourra dans son pantalon, avec son dossier médical. Il referma le classeur et essuya soigneusement ses empreintes, après s'être rappelé que c'était à cause de ce genre de détail que les voleurs se faisaient bêtement pincer. Une boîte de craies était posée sur l'armoire à fournitures. Jay-jay l'empocha. « Pour remplacer celle qu'Elmo m'a piquée, » pensat-il.

Puis il remarqua une rangée de casiers contre le mur du fond, dans lesquels s'entassaient les affaires personnelles des professeurs. Mon Dieu ! il avait bien failli oublier. Son prof devait avoir une fiche qui le concernait dans le cahier d'appel !

Il fouilla les casiers, finit par trouver celui de son prof, sortit le cahier et retira sa fiche.

Heureusement pour lui, il n'y avait eu que deux jours de classe avant la grève. Les instructeurs ne connaissaient donc pas la plupart de leurs élèves.

— L'infirmerie, le secrétariat, et le cahier d'appel, dit Jay-jay, comptant sur ses doigts. Je crois que je n'ai rien oublié. Ce sont les trois endroits où mon nom était enregistré.

Il y en avait bien un quatrième : le fichier central du ministère de l'Éducation nationale. Mais cela n'avait que peu d'importance. Grâce aux centaines de milliers de cartes perforées et à l'inefficacité du système bureaucratique, il n'y avait pas une chance sur un million pour qu'on remarque la disparition d'un petit garçon.

Jay-jay sursauta en entendant le grésillement du walkie-talkie. Blutkopf était en train de prévenir le poste de police. Le gamin se précipita hors du bureau et constata que le flic avait réussi à ouvrir la porte assez largement pour passer un bras au-dehors. Sa main tentait d'atteindre l'arrêt de porte qui était presque à sa portée.

Jay-jay descendit les marches quatre à quatre et parvint au sous-sol. Une petite partie de son esprit murmura : « Bien, tu as eu l'intelligence de ne pas te mouiller les pieds. » Aucune empreinte n'indiquerait qu'il était entré au secrétariat. Il ne restait que la porte de l'infirmerie et cela pouvait très bien passer pour l'acte d'un drogué.

Il courut le long des couloirs du sous-sol crasseux. Il se faufila au-dehors par la fenêtre de derrière au moment précis où les voitures de police s'arrêtaient, toutes sirènes dehors, devant le bâtiment.

Des projecteurs balayaient l'école. « On dirait qu'un prisonnier vient de s'évader », pensa Jay-jay, plaqué contre un mur, à l'angle du bâtiment. Il jeta un coup d'œil de l'autre côté. S'il essayait d'escalader le grillage pour redescendre dans la cour, il se ferait pincer.

Un faisceau lumineux se dirigea sur lui. Il se baissa vivement.

« Rends-toi, maintenant », pleurnichait une petite voix au fond de lui tandis qu'il regardait les hommes de la brigade anti-émeute sortir du panier à salade. Mais une autre voix, plus forte, grinçait : « Résiste !

Donne-toi une chance, il va sûrement se produire quelque chose. »

Quelque chose se produisit. Lorsque les voitures de police arrivèrent en hurlant, des fenêtres s'ouvrirent à tous les immeubles alentour. Des têtes apparurent, des gens commencèrent à crier, et sortirent de chez eux en constatant que leur école était au centre de l'agitation. En un clin d'œil, cinquante personnes, Blancs, Noirs et Portoricains, envahirent la rue. Des femmes en chemise de nuit, des hommes en tricot de corps, une grosse fille avec des rouleaux roses sur sa tête noire.

Des injures, des protestations, des menaces fusaient de toutes parts : « Je savais bien que les flics finiraient par rompre la trêve ! – ... Par essayer de s'emparer de notre propriété ! »

Tapi contre le mur à l'angle du bâtiment scolaire, Jay-jay observait la foule qui grossissait, se faisant de plus en plus hostile. Les policiers formèrent une chaîne pour tenter de repousser la masse mouvante tandis que d'autres agents attaquaient le cadenas de la porte à la hache.

Jay-jay vit le cordon de police s'incurver, puis se rompre, tandis que la meute enragée franchissait le portail et se dirigeait vers l'entrée principale. Il prit une profonde inspiration.

— C'est l'occasion ou jamais, murmura-t-il.

Il fit quelques pas et se mêla rapidement à la foule.

Un bourdonnement de questions et de réponses résonnait autour de lui.

« Ils ont piqué un militant qui voulait mettre le feu à l'école... Ils ont coincé un prof à l'intérieur. Il essayait de placer une bombe. »

Jay-jay se faufilait entre les gens, passant devant les voitures de police placées en travers de la route pour arrêter la circulation. « Si seulement Dolorès pouvait me voir ! » Dans le *Daily News,* la semaine dernière, Confucius avait déclaré : « Même le plus petit des hommes peut projeter une ombre géante lorsque le moment arrive. »

— Tu l'as dit, mon vieux Confucius ! murmura Jay-jay.

Il aurait voulu pouvoir rester et attendre l'arrivée de la télévision. La fille enlèverait sûrement ses rouleaux. Devant les caméras, les flics deviendraient prétentieux et autoritaires.

« On nous a signalé la présence d'un ennemi public... » Jay-jay pouvait presque les entendre, comme s'ils récitaient le texte d'un feuilleton.

Et tout d'un coup, comme surgi d'un cauchemar, il repéra Elmo, celui qui l'avait attaqué dans l'ascenseur.

L'agitation avait fait sortir Elmo de chez lui. Il venait juste de toucher terre après un fix. La rue ondulait et explosait à chaque révolution des projecteurs de police.

Tout d'abord, le bruit et la masse des corps l'effrayèrent. Mais il passa ses doigts sur le butin suspendu au bout de son lacet de cuir, témoignage de ses victoires. Pour compléter le rituel, il toucha le médaillon qu'il portait maintenant autour de son cou. Elmo prit quelques profondes inspirations. Il se sentait bien à présent. L'excitation le gagnait.

Il regarda autour de lui. Cette foule est taillée sur mesure, pensa-t-il, un léger sourire aux lèvres. Il faut vérifier ça. Ses doigts semblaient devenus hypersensibles.

« Tu pourrais peut-être piquer un portefeuille sans trop te fatiguer », se dit-il, le souffle court. D'accord, les flics étaient partout, mais c'était justement pour ça que personne ne se douterait de rien.

Elmo, les yeux fixés sur sa future victime, se fraya un chemin à travers la foule compacte.

« Fiche le camp d'ici, *et vite* ! se dit Jay-jay, file avant qu'Elmo ou Ardis, ou quelqu'un d'autre que tu connais... »

Il retourna vers le parc en empruntant un nouvel itinéraire. Au loin il entendit le hurlement des voitures de police qui arrivaient en renfort.

— Pauvre Blutkopf ! pensa le garçon à voix haute.

Piqué dans les toilettes des filles. En plus, il y avait le magazine couvert de femmes nues, et les boîtes de bière vides. Jay-jay découvrit qu'il se sentait un peu coupable d'avoir joué ce sale tour au flic de l'école.

— Mais d'un autre côté, raisonna-t-il, Blutkopf n'est pas un brave type. Il mérite ce qui l'attend.

Au coin de Central Park Ouest et de la 100e Rue, des flaques de lumière rouge se réfléchissaient sur l'asphalte noir. Elles devinrent vertes lorsque les feux changèrent. Jay-jay traversa la rue et s'engouffra dans le parc par l'Entrée du Garçon. Il longea la rive sud de la Mare, bondit sur le pont de pierre de la Cascade, au-dessous duquel béait l'immensité noire du Ravin, et ne s'arrêta que lorsqu'il atteignit la forêt sécurisante, autour de la Grande Colline.

Il trouva son chêne argenté et jeta ses bras autour du tronc.

— Je ne quitterai plus jamais cet endroit, jura-t-il. Quoi qu'il arrive.

Jay-jay songea à entailler son poignet pour sceller son serment par le sang. « Mais il faut quelqu'un d'autre pour faire ça », se dit-il.

Quand il eut retrouvé son souffle, il desserra sa ceinture et sortit les chemises. Il posa les dossiers par terre, devant lui. Malgré le danger, il craqua une allumette. Il regarda le bord du papier s'enrouler et noircir tandis que la flamme vacillante glissait lentement sur les pages, avalant les caractères imprimés par l'ordinateur.

Nom... Sa mère avait eu deux héros, le pape

Jean XXIII et le président Kennedy. Elle pensait que l'espoir et le bonheur s'étaient enfuis avec eux. Ne sachant pas lequel de ces deux noms donner à son fils, elle décida que son premier prénom serait John. Et son second, John. Dans ce monde d'abréviation, John John avait peu à peu laissé la place à J. J., pour finir par donner Jay-jay.

Père, type caucasien. Décédé... Il avait disparu, happé par la gigantesque machine de guerre mise en place en Asie du Sud-Est, alors que Jay-jay venait juste d'apprendre à parler et à marcher.

Mère, décédée... L'une de ces vingt mille personnes qui meurent chaque année, victimes de la leucémie. Proches parents, néant... L'orphelinat. La longue chaîne des foyers et des parents adoptifs. Telle œuvre de charité, telle organisation.

Tandis que le feu dévorait son passé, Jay-jay se raidit. Il venait de remporter une immense victoire, et il comprenait pourquoi il avait bravé tous ces périls.

A l'orphelinat, tous les dimanches... ces gosses qui chantaient que Jésus les aimait... Jay-jay avait remué les lèvres, mais aucun son n'en était sorti. Et il s'était assis, muet, vaincu par un amour qui refusait de se révéler.

L'homme en robe noire avait grondé :

— Quand vous mourrez, vos âmes seront libérées de vos corps impurs. Certaines tomberont en enfer et subiront le feu de l'éternelle damnation. D'autres, parmi les élues, s'envoleront vers le paradis, pour y renaître. C'est pour cela que vous devez être bons !

Jay-jay se redressa brusquement et écrasa les braises à coups de pied, mêlant les cendres à la terre. Ses yeux étaient noyés de larmes, larmes de colère et d'espoir.

— On n'est pas obligé de mourir. C'est le moyen

le plus facile. Il y en a un autre. Mais il faut le vouloir très fort. Assez fort pour...

Il ne parvenait pas à exprimer ce qu'il ressentait, pourtant il savait que c'était vrai. Ce sentiment se propagea à travers son corps, lui procurant une exaltation bien au delà des paroles. Jay-jay éparpilla les cendres, promenant ses doigts dans la spirale de fumée qui s'élevait vers les étoiles.

Lentement, il dit :

— Jay-jay est mort. Vive Jay-jay.

DEUXIÈME PARTIE

1

Rien ne laissait présager, ce matin-là, que la journée serait différente des autres. Jay-jay avait pris le rythme de sa nouvelle vie. Une semaine s'était écoulée, et il avait l'impression de ne jamais avoir vécu ailleurs.

Il s'était définitivement lié d'amitié avec le chêne. Ce dernier aidait le garçon à monter et à redescendre bien que cet exercice fût toujours aussi ardu. Le feuillage épais protégeait Jay-jay du soleil et l'enveloppait au crépuscule. Avant de se coucher, le gamin s'attachait à l'une des branches à l'aide d'un vieux cordon qu'il avait trouvé; tous les matins, il défaisait les nœuds. D'accord, il avait un peu mal au dos en se réveillant. Et puis après? C'était mieux que d'être dévoré par les puces.

La nourriture constituait toujours le problème le plus aigu. Il ne s'habituait pas à cette continuelle sensation de faim. Tôt ou tard, il lui faudrait résoudre cette question, mais pour le moment, il la reléguait au plus profond de son esprit, se contentant des restes qu'il dénichait.

En revanche, il fallait absolument faire quelque chose à propos de ce maudit chiot. Et rapidement!

L'animal avait retrouvé sa trace. Tous les jours, il tournait autour du chêne, en remuant la queue, et aboyait après les branches.

« En fait, ça ne me déplairait pas d'avoir un ami », pensa Jay-jay. Il réprima vite ce signe de faiblesse. Comment le nourrirait-il, alors qu'il n'avait même pas de quoi manger à sa faim?

Le chien aboya de nouveau. Jay-jay se raidit.

— Je ne peux pas le laisser hurler comme ça. Il finira par attirer quelqu'un, c'est sûr. (Il descendit de l'arbre et s'approcha du petit bâtard.) Le pauvre idiot ne sait pas s'il doit me mordre ou me lécher la main. Allez, file, tu entends, tire-toi de là.

Le chiot remua furieusement la queue.

— Ça va me faire plus de mal qu'à toi!

Jay-jay lança une petite branche sur l'animal, qui poussa un gémissement de douleur, décocha au gamin un regard de reproche et détala.

— Il fallait que je le fasse, mon vieux, lui cria Jay-jay, sinon tu leur aurais livré ma cachette!

Si Jay-jay ne voulait pas du chiot, un écureuil qui vivait dans un orme proche n'acceptait décidément pas la présence du gamin, et le lui faisait savoir à grand renfort de cris perçants.

Une nuit, l'écureuil n'y tint plus. Dévoré par la curiosité, il fit une descente dans le chêne de Jay-jay. Glissant sur la branche à laquelle le garçon s'était attaché, l'écureuil fureta, cherchant l'endroit où cet étrange animal avait pu cacher ses noisettes. Ne trouvant rien, il retourna chez lui, où il avait entreposé des vivres en prévision des vents qui allaient bientôt souffler du nord, apportant avec eux la neige, le froid et la faim.

La première lueur du jour filtra à travers le feuillage, projetant des ombres découpées sur le visage de Jay-jay. Il s'étira, massant ses muscles endoloris, resta allongé au creux des branches, jouissant de sa liberté, et referma les yeux. Quel intérêt y a-t-il à s'enfuir de chez soi si on ne peut pas faire la grasse matinée ?

Le bruissement des feuilles murmura « réveille-toi », et les rayons du soleil caressèrent, réchauffèrent sa peau. Le gargouillement de son estomac finit par forcer Jay-jay à se lever.

— Dommage que tu ne sois pas un pommier, bâilla-t-il en tapotant une branche.

Il regarda le ciel à travers le réseau compliqué de feuilles et de rameaux, qui formaient une succession d'arches impressionnantes. Vert, vert, vert et enfin, bleu. Il éprouva un tel bonheur en cet instant qu'il n'osa pas le savourer trop longtemps, de peur que quelque chose ne vienne le détruire.

Tous les matins, lorsque les cloches de Saint-Jean-le-divin commençaient à sonner 9 heures, Jay-jay regardait une petite femme voûtée flâner dans le parc. Elle suivait les sentiers sinueux à pas comptés, car son arthrite la faisait souffrir à l'approche de l'hiver. Elle s'installait toujours sur le même banc, qui se trouvait à une vingtaine de mètres environ, à vol d'oiseau, du chêne de Jay-jay.

Pendant la première semaine, le gamin l'avait considérée comme une intruse, qui envahissait son territoire. Il n'avait aucune objection à ce que des gens le *traversent*, mais cette femme s'asseyait là tous les matins. Cela signifiait qu'il devait faire doublement attention pour ne pas être découvert et il lui en voulait de cette atteinte à sa liberté.

Certains jours, la vieille dame lisait, d'autres, elle tricotait des pulls minuscules ou des chaussons de bébé, d'autres encore, elle se contentait de lézarder au soleil. Au bout d'un moment, les moineaux, les pigeons et les étourneaux s'approchaient d'elle à petits bonds, pour déjeuner. Tous les jours, la vieille dame partageait ses biscuits avec eux, émiettait le pain trop rassis pour elle.

Après de longs débats, Jay-jay décida de l'autoriser à rester. « En réfléchissant, se dit-il, elle n'ennuie personne, elle ne jette pas de papiers gras partout, elle n'empiète pas sur mon territoire. » Il en arriva presque à attendre l'arrivée quotidienne de la femme, tant sa présence était devenue réconfortante.

Ce jour-là, la vieille dame entra dans le parc et erra sans but le long des sentiers de la Grande Colline, passant tout près du chêne de Jay-jay. Du haut de son perchoir le gamin observa la silhouette minuscule; ses épaules semblaient plus voûtées que d'habitude, son pas plus lent.

Elle se dirigea vers son banc, s'assit et tira une lettre de son cabas de vinyle. Elle lut lentement les pages et se mit à pleurer. Puis elle essuya ses larmes avec un mouchoir de dentelle jaunie, poussa un long soupir, déchira méthodiquement les feuillets et les jeta dans la corbeille à papiers placée à côté du banc.

Elle ne prêta pas la moindre attention aux créatures des bois venues la saluer. Elle resta beaucoup moins longtemps que d'habitude. Jay-jay comprit que les nouvelles qu'elle avait reçues devaient être graves.

« Ne te mêle pas de ça! » se dit-il. Mais la curiosité fut plus forte que la prudence. Lorsque la vieille dame eut disparu, Jay-jay descendit de son chêne et fouilla dans la corbeille. Il trouva la plupart des morceaux de la lettre déchirée, sauf deux que le vent avait dû emporter. Puis il rassembla les pièces du puzzle. Certains mots étaient trop longs ou trop difficiles à lire pour lui, mais il parvint à comprendre le sens général de la missive.

La vieille dame s'appelait Mme Miller (l'enveloppe était adressée à ce nom, aussi Jay-jay déduisit-il que sa visiteuse se nommait ainsi) et elle avait une fille qui vivait à (adresse de l'expéditeur) Roslyn, Long Island. La lettre commençait ainsi :

Chère Maman,
Comment vas-tu? Bien j'espère. Excuse-moi de ne pas t'avoir écrit plus tôt mais j'étais terriblement occupée. Herman et moi avons longuement réfléchi. Nous avons pensé que tu serais plus heureuse de vivre à la ville, plutôt que dans une de ces banlieues isolées où tu ne connais personne, où tu ne peux pas te déplacer parce que tu ne sais pas conduire. De toute façon il y a une terrible pénurie d'essence. Nous pensions pouvoir disposer d'une chambre supplémentaire puisque Sonny est parti au collège, mais Herman l'a transformée en bureau, il ne pouvait pas faire autrement, il travaille de plus en plus à la maison, maintenant, tu sais avec l'inflation et tout.

Là, il manquait un morceau de la page. Venait ensuite un long paragraphe sur les enfants, leur coqueluche, leur varicelle, les impôts fonciers, les dépenses, des tas de bises et la promesse de venir la voir très souvent mais pas ce mois-ci parce que...

Jay-jay chiffonna les bouts de papier et les remit dans la corbeille.

— J'ai assez de problèmes comme ça, je ne vais pas commencer à m'occuper de ceux d'une vieille dame que je ne connais pas, décréta-t-il en se dirigeant vers l'est, région qu'il avait peu explorée.

Il traversa le pont Huddlestone et tout en frappant sa cuisse en cadence, fonça à bride abattue vers Fort Fish pour échapper aux Indiens qui le poursuivaient. Il escalada le promontoire rocheux du Mont — simplement parce qu'il se trouvait sur son passage — et s'arrêta dans le jardin anglais du Conservatoire.

Des internes et des infirmières de l'hôpital du Mont-Sinaï étaient en train de déjeuner au milieu des massifs de fleurs. Jay-jay attendit qu'ils s'en aillent, puis alla farfouiller dans les poubelles.

L'un des internes avait oublié un marqueur rouge et un petit bloc-notes jaune. Le gamin se les appropria.

— Prise de guerre, dit-il en avalant une bouchée de pain de seigle tartiné d'œuf dur écrasé et les dernières prunes de l'automne.

« Dommage que Mme Miller ne soit pas plus jeune », pensa Jay-jay qui avait repris sa marche le long des allées bordées de buis.

— Si seulement elle avait, disons, l'âge de Dolorès ! continua-t-il, tout en regardant les trois Grâces de bronze faire des galipettes dans le petit bassin.

Il aurait pu l'inviter chez lui. Mais frêle comme elle était, elle ne pourrait jamais grimper au chêne. Même s'il lui faisait la courte échelle.

Au fond du jardin, Jay-jay trouva l'Arcade Coloniale, avec les médaillons des treize colonies originelles encastrés dans l'allée de béton. Il sauta de la Georgie au Maryland, puis du Maryland à New York. « Nous tenons ces vérités pour évidentes... » lut-il sur une plaque de bronze.

Il avait beau essayer, il n'arrivait pas à chasser Mme Miller de son esprit. Il voulait faire quelque chose pour elle. Mais il ne savait pas quoi. Lui rendre visite ? Non, il avait juré de ne plus quitter le parc.

— Et c'est le genre de serment qu'il faut tenir, menaça-t-il.

Il se jeta à plat ventre sur l'herbe et sema la confusion dans un groupe de fourmis noires qui tentaient d'emporter la carcasse d'une sauterelle. Puis il se tourna sur le dos et eut un regard indifférent pour ses vêtements usés.

Il brossa la poussière qui maculait son pantalon. Mû par une inspiration subite, il ôta son blouson, et à l'aide du marqueur rouge dessina sur le dos un gros soleil écarlate. L'astre flamboyant qu'il avait placé juste au-dessus de la ceinture, comme s'il se levait à l'horizon, dardait ses rayons jusqu'aux épaules. Lorsqu'il eut terminé, il eut l'impression de posséder un vêtement entièrement neuf.

– Deux, en fait, dit-il, parce que le blouson est réversible.

Une coccinelle orange atterrit sur sa main. L'insecte s'envola quand Jay-jay souffla sur lui. Il était temps de rentrer. L'Enfant Soleil se mit en route, suivit la courbe du lac de Harlem, escalada une colline du haut de laquelle il contempla le toit en dents de scie de la Patinoire qu'on n'utilisait presque plus. Jay-jay n'avait jamais fait de patin à glace. L'équipement coûtait beaucoup trop cher.

Il faisait encore jour. Aucun danger dans l'air. Jay-jay risqua le tout pour le tout et poussa jusqu'au Rocher du Lion. Il escalada la haute montagne qui menait au Blockhaus. Haletant, il s'approcha de la structure basse dépourvue de toit, et jeta un coup d'œil à l'intérieur par l'une des fentes qui servaient de fenêtre. Un garçon et une fille étaient allongés sur le sol de terre battue. Ils s'embrassaient. Jay-jay ne savait pas s'il était trop gêné pour regarder, ou trop intéressé pour détourner les yeux. Une avalanche de cailloux se mit en branle sous les pieds du gamin qui se tortillait. Le type à l'intérieur du bâtiment se redressa brusquement. La panique dansait dans son regard.

Jay-jay s'enfuit sur le sentier rocheux de la Falaise, en s'accrochant à la rampe métallique fixée dans la pierre. Des centaines de mètres plus bas, de minuscules voitures fonçaient sur la Voie Ouest.

– Un faux pas, et tu es fichu, souffla le gamin.

Il parvint de l'autre côté du Blockhaus sain et sauf. Les bras écartés, il descendit en courant la pente de la colline, espérant secrètement que le vent l'emporterait aussi haut que les canards sauvages qui traversaient le ciel strié de rouge, se dirigeant vers le sud en formation serrée.

Jay-jay trébucha sur une branche, roula, et atterrit sur le dos, avec un bruit mat.

— Oh, tant pis, grogna-t-il en se relevant.

Son cœur se mit à battre plus calmement quand il pénétra dans le territoire familier de la Grande Colline. Suivant la lisière de la forêt de buissons, il s'arrêta près du banc de Mme Miller, se mordilla les lèvres quelques instants, puis inscrivit à la craie sur l'une des lattes vertes :

Ne pleurer pas, madame Miller. S'est pas si triste que sa d'être seul.

« Ça m'est complètement égal qu'elle le voie ou non », se dit Jay-jay le lendemain. La vieille dame ne s'était pas encore montrée. « L'ai peut-être dormi plus tard que d'habitude ? »

Impossible. 9 heures étaient en train de sonner à Saint-Jean. Alors où pouvait-elle bien être ? Malade ? Ouais, ça arrive souvent quand on a le cafard. Avant, se rappela Jay-jay, j'étais *toujours* enrhumé.

— Elle ne reviendra peut-être jamais ? bredouilla-t-il soudain. (Et son cœur se serra.) Si seulement elle avait pu lire mon message.

Juste au moment où il allait abandonner tout espoir, Mme Miller apparut. Elle s'avança à petits pas sur le sentier et s'assit sur le banc.

— Sans rien remarquer ! s'écria le gamin, en frappant le tronc du chêne.

Il se pencha à gauche puis à droite, essayant de forcer la vieille dame à se retourner par transmission de pensée. Son coude toucha la craie. Elle commença à enlever la poussière blanche de sa manche et...

Mme Miller regardait le dossier du banc, le nez plissé, les yeux à demi fermés. Elle secoua la tête et chaussa ses lunettes. Aucune réaction. Lorsqu'elle comprit enfin que le message lui était effectivement adressé, elle le contempla avec le sentiment de vénération qu'éprouva Moïse en déchiffrant les Dix commandements.

— Quel miracle?... murmura-t-elle, tandis que son regard fouillait les environs immédiats.

Puis elle remarqua les morceaux de sa lettre qui se trouvaient toujours dans la corbeille. Elle se leva, abrita ses yeux d'une main et inspecta la pelouse et la forêt qui s'étendaient devant elle.

— Qui? appela-t-elle — et les arbres bruissèrent, lui renvoyant son appel.

Une fois de plus, Mme Miller regarda le message inscrit sur le banc. A en juger par l'écriture et les fautes d'orthographe, il devait s'agir de quelqu'un de très jeune. « Et de très gentil », pensa la vieille dame, les yeux remplis de larmes.

Cherchant dans son sac à main, elle trouva un bout de crayon à sourcils. Sous le texte de Jay-jay, elle inscrivit de son écriture un peu pincée :

Merci beaucoup, qui que vous soyez.

Mme Miller se redressa et sortit du parc lentement. Tous les mètres, elle se retournait et regardait le banc, comme pour se persuader qu'elle n'avait pas rêvé.

Le lendemain matin, lorsque Mme Miller retourna près de son banc elle constata avec ravissement que sous son *merci,* on avait écrit à la craie un bref *de rien.*

Elle plongea la main dans son cabas, en sortit une orange et la posa précautionneusement sur les lattes de bois peint. Puis elle s'en alla.

Jay-jay attendit que la vieille dame soit hors de vue avant de descendre de son chêne. Il se dirigea vers le banc, passa devant avec nonchalance, tourna sur ses talons, attrapa l'orange d'un geste précis et courut vers l'arbre.

Ce fut la meilleure orange de sa vie.

Par la suite, à chaque fois qu'elle le put, Mme Miller laissa quelque chose à son ami invisible. Une pomme, des biscuits, un sandwich. Elle alla même jusqu'à faire un gâteau au chocolat, elle qui avait délaissé son four depuis dix ans. Si elle avait connu la taille de son protégé, elle lui aurait tricoté un pull. Comme elle ne pouvait la deviner, elle se contenta de commencer une longue écharpe multicolore.

2

La quête de nourriture continuait à occuper la plupart des journées de Jay-jay, mais certaines de ses nuits étaient riches en aventures.

Alors qu'auparavant il n'était jamais parvenu à se lever assez tôt pour être à l'heure à l'école, il était à présent parfaitement réveillé quand venait l'aube. Rares étaient les jours où il faisait deux fois la même chose. Entre l'étude d'une famille de chipmunks, les visites au Hangar à Bateaux pour assister aux régates et, plus simplement, les randonnées à travers les quatre mille deux cents hectares de son domaine, il n'avait pas le temps de se lasser de sa nouvelle vie.

Au cours d'une de ces explorations, Jay-jay découvrit le Sanctuaire des Oiseaux, entre la 59e Rue et la 5e Avenue. Un faucon au col rouge volait en cercles, un pivert au plumage abondant se faisait le bec sur un hêtre. Des canards de toutes les couleurs et des sarcelles aux ailes vertes barbotaient dans la mare, plongeant de temps en temps leur tête dans l'eau, avant de remuer leur queue sous le nez du gamin.

Jay-jay joua au Roi des Montagnes, debout sur un gros bloc de pierre qui dominait le sanctuaire. Il repoussa quantité de chevaliers noirs. Mais cela devint vite ennuyeux. Il reporta toute son attention sur les oiseaux. Nombre d'entre eux semblaient prêts pour la migration.

— Comment peux-tu savoir où tu vas? demanda-t-il à une mouette d'Islande. Il se souvint d'une émission scientifique appelée *Nova* qu'il avait vue à la télévision. Tous les ornithologues pensaient que les oiseaux étaient poussés par un mystérieux instinct dont les humains n'avaient pas la moindre idée.

Jay-jay s'appuya sur ses coudes.

— Si j'avais des ailes... j'irais où? Vers le Sud?

A moins qu'il ne reste pour tenter de se débrouiller sur place, comme le faisait cette mésange à tête noire? Le garçon vit le petit oiseau courageux repousser un mainate aux reflets pourpres qui tentait de lui voler sa nourriture. La mésange harcela l'intrus, décochant mille coups de bec sur la tête et les ailes de son adversaire. Le gros oiseau, dégoûté des techniques de guérilla, finit par abandonner la partie et s'envola.

S'il n'y avait eu le Zoo, Jay-jay ne serait probablement jamais retourné dans le quart sud-est du parc. En effet, à cet endroit, la terre semblait fatiguée, usée par les gens et les voitures. Tout au long des sentiers qui menaient aux demeures des animaux, des vieillards étaient assis sur les bancs, le visage tourné vers le soleil. Les mêmes visages ridés, à chaque fois que Jay-jay passait. Qu'attendaient-ils? Cela lui donnait la chair de poule. Il ressentait immédiatement le besoin de retourner au galop dans la jungle sauvage, au nord du parc. Là au moins, on pouvait respirer.

Mais le gamin n'aurait su se passer de ses amis les animaux, à qui il rendait visite régulièrement. Il faisait bouger ses oreilles devant les éléphants pesants, se bouchait le nez devant les chameaux à l'odeur puissante. C'était toujours un plaisir fantastique d'assister au repas des otaries. Au début, le gamin joignit ses applaudissements à ceux de la foule lorsque les animaux au long corps lisse poussaient leur cri de trompette bouchée et faisaient mille singeries pour avoir leur poisson. Pourtant au fur et à mesure que les jours passèrent, il commença à leur en vouloir. Parce qu'ils se donnaient en spectacle.

— Oui, monsieur, non monsieur, je suis désolé, monsieur. Je ne le ferai plus, monsieur, grommelait Jay-jay. Je ne m'abaisserai plus jamais *comme ça,* déclara-t-il fermement, même pas pour manger.

Le gamin restait des après-midi entières devant la cage du léopard noir. Hypnotisé, il le regardait aller et venir d'un mur à l'autre. Il apprit une foule de choses sur les léopards : que leur queue est aussi longue que leur corps, qu'ils transpirent par la langue, et que lorsqu'un imbécile les embête, leurs yeux couleur de topaze virent au rouge.

« Carnivore », disait le panneau fixé sur la cage.

Lorsque Jay-jay demanda à l'un des gardiens ce que cela signifiait, l'homme lui expliqua que le léopard mangeait de la viande. « Ça ne m'étonne pas », pensa l'enfant en regardant la gueule béante de l'animal.

Ses yeux croisèrent ceux du félin.

— Si seulement je pouvais te faire sortir... murmura-t-il, toi et les autres...

Libres, comme lui.

Jay-jay restait souvent dans la ménagerie jusqu'à la tombée de la nuit. Les personnages de contes de fées en bronze qu'il connaissait maintenant par cœur dansaient autour de l'horloge du Memorial Delacorte, égrenant les heures.

Quelques dîneurs étaient assis sous l'auvent rouge et blanc de la cafétéria. Jay-jay vérifiait qu'aucun des serveurs n'était en vue, puis passait en revue toutes les tables de la terrasse, chipant les restes de frites et de hamburgers. Ses joues étaient pleines et ses poches bourrées avant que les garçons ne se précipitent hors de la salle pour le chasser.

— Il doit y avoir un meilleur moyen de trouver à manger, dit Jay-jay, en rotant tout le long du chemin jusqu'à la Grande Colline. Réfléchis!

Par une journée d'octobre froide et humide, il fit une découverte qui transforma sa vie. Il suivait l'allée cavalière du côté ouest. Juste au-dessus des arbres de la 82e Rue, il aperçut les longs bâtiments du Muséum d'Histoire Naturelle et le dôme du Planétarium.

Bien qu'obligé de traverser la rue pour y accéder, Jay-jay considérait le Muséum comme faisant partie de son domaine. Un général à cheval montait la garde à l'entrée. Le gamin le salua vivement, avant de pénétrer dans le bâtiment.

Quel endroit étonnant! On ne savait où poser les yeux. Jay-jay passa la journée à se promener dans les salles bourrées de trucs passionnants. Une baleine qui remplissait entièrement l'auditorium! Incroyable. Le garçon sentit ses cheveux se dresser sur sa tête lorsqu'il contempla le gigantesque squelette du *Tyrannosaurus Rex*, « le plus grand carnivore que la terre ait jamais connu », disait la plaque.

Il regarda avec des yeux ronds les mâchoires ouvertes du monstre. Elles étaient cent fois plus grandes que celles du léopard. Et ces dents! Elles devaient bien mesurer trente centimètres.

— Pour un carnivore, c'est vraiment un carnivore, souffla Jay-jay.

Pourquoi certains animaux ne mangeaient-ils que de l'herbe, comme le *Brontosaure,* alors que d'autres, le Tyrannosaurus par exemple, se nourrissaient uniquement de viande? Et pourquoi les humains mangeaient-ils les deux? Est-ce que ça rendait l'homme deux fois meilleur que les autres créatures? Ou bien seulement une demi-fois? Problème insoluble.

Jay-jay fit ses plus importantes découvertes dans la salle consacrée aux premiers hommes, le nez collé contre la vitre du cyclorama.

Ingénieux, la façon dont les Zunis avaient creusé leurs maisons dans la falaise. Pour descendre, il suffisait d'emprunter l'une des échelles qui pendaient le long de la paroi rocheuse. Au premier signe de danger on les remontait. L'ennemi n'avait aucun moyen d'atteindre les grottes.

— C'est un peu comme moi dans mon chêne, dit Jay-jay, dont le souffle embua la vitre.

Bien sûr, il ne pouvait utiliser d'échelle. C'était trop encombrant, et surtout trop visible. Mais tôt ou tard, il finirait bien par trouver le moyen de grimper dans l'arbre sans se fatiguer.

Dans la vitrine suivante, il vit comment certaines tribus nomades se servaient des peaux de buffalo pour construire leurs tipis. D'autres édifiaient leurs maisons sur pilotis. Le cerveau de Jay-jay entra en ébullition. Peu à peu il commença à avoir une faible idée de ce qu'il devait faire.

Lorsqu'il eut terminé la visite de la salle, il constata qu'il était trop tard pour la dernière séance au Planétarium. Mais il se jura d'aller voir, un jour prochain, ce qui se tramait à l'intérieur.

Par une belle nuit de pleine lune, Jay-jay se rendit jusqu'à la patinoire du Memorial Woolman. Sous un dais de lumière, il observa les filles en jupettes qui s'envolaient quand elles tournaient, les garçons aux pulls de couleurs vives.

Jay-jay attendit que tout le monde soit parti, même le gardien. Les lumières s'éteignirent. Alors le gamin sauta par-dessus la barrière et se dirigea lentement vers le centre de la patinoire. La lune pâle éclaboussait la glace de ses reflets, la rendant phosphorescente. Il enleva ses chaussures et fit un timide essai.

Ses pieds gainés de chaussettes lui servaient de patins. S'enhardissant, il croisa ses mains derrière son dos. Comme les patineurs olympiques et se mit à glisser de plus en plus vite. Il distança tous ses poursuivants, gagna toutes les courses.

Puis il imagina que Dolorès était dans ses bras. Ils valsaient. « Ce serait mieux avec de la musique », se dit-il en essayant de fredonner *le Danube bleu*. Mais Jay-jay n'arrivait pas à chanter. Lorsqu'il tomba pour la deuxième fois, il décréta que Dolorès était une imbécile.

Il tourna et vira jusqu'à ce que ses chaussettes soient trempées. Il jeta un coup d'œil à ses orteils gelés et éprouva quelques secondes de panique : et s'il avait attrapé un rhume ?

— Impossible, décréta-t-il, les joues rougies par l'effort. Je suis trop heureux pour m'enrhumer.

Octobre, en passant, fit mourir les feuilles.

Un matin, Jay-jay se réveilla démoralisé. Il ne comprenait pas pourquoi il se sentait si misérable, si seul. Et pourquoi ce jour-là plutôt qu'un autre ? Il ne savait pas.

Il détacha la corde nouée autour de sa taille et s'étira. Tous ses muscles étaient douloureux.

— J'en ai marre d'être attaché à ce tronc, grommela-t-il. Non seulement il avait toujours peur de tomber, mais encore la température avait considérablement baissé au cours de la nuit. Ce qui n'était pas pour le réjouir.

Il frotta ses mains et ses pieds pour rétablir la circulation puis grimpa tout en haut du chêne. Il inspecta l'horizon. Personne. Il était encore trop tôt. Jay-jay regarda le ciel pour tenter de déchiffrer la température de la journée. Jaune pâle à l'est où le soleil se levait, bleu limpide en allant vers l'ouest.

Il appuya son dos contre le tronc de l'arbre. Ses

narines palpitaient sous l'air vif, chargé du parfum des feuilles mourantes, des jours qui se dirigeaient lentement vers la saison la plus triste de l'année.

Du fin fond de son enfance Jay-jay se rappela un conte de fées dans lequel une princesse affamée volait six graines de grenade, ce qui expliquait pourquoi toute la nature restait morte pendant six mois.

« Et qu'arrivera-t-il quand les feuilles de mon chêne tomberont? » pensa soudain le gamin. Le monde entier pourrait alors le voir.

Jay-jay frappa l'une des branches à petits coups décidés.

— Je ne suis pas triste et je ne me sens pas seul, insista-t-il, s'enfonçant aussitôt dans un cafard encore plus noir.

Il ne s'en était pas rendu compte, mais les semaines de malnutrition qu'il venait de traverser avaient laissé leur marque. Le monde entier semblait aller de travers, et le bruissement des feuilles aujourd'hui ne lui paraissait plus du tout amical.

— Regardez Jay-jay, murmuraient-elles, Jay-jay le paresseux.

— Ah ouais? leur cria le gamin. Eh bien moi aussi je suis de mauvaise humeur aujourd'hui, alors faites gaffe !

Il passa de branche en branche, puis s'appuya contre le tronc, ouvrit sa braguette et fit pipi. Il regarda le jet doré fuser de son corps arqué et retomber sur le sol en bas, tout en bas. Mais le plaisir qu'il ressentait d'habitude en accomplissant cet acte le bouda.

« Si seulement j'avais un frère, se dit Jay-jay en refermant sa braguette. Quelqu'un avec qui jouer. Même une sœur ferait l'affaire », admit-il à contre-cœur.

— Si j'avais un père! cria-t-il aux feuilles. Vous verriez un peu. Ouais. Ou une mère. Ou un ami. Si seulement je pouvais quitter tout ça et m'envoler!

— Si seulement ! Si seulement, ricanèrent les feuilles — et les branches renchérirent, se moquant elles aussi du garçon qui était trop paresseux pour réagir au lieu de s'apitoyer sur son sort.

Jay-jay tenta de s'intéresser à une mésange qui allait et venait, visiblement très occupée à ramasser des brins d'herbe, des bouts de bois et des graines en prévision des mois sombres à venir. Mais le mouvement constant des ailes de l'oiseau finit par lui faire mal aux yeux.

Dans l'orme voisin, l'écureuil se montra, montant et descendant le long de l'arbre, les joues gonflées des noisettes qu'il allait mettre en réserve. L'animal s'arrêta et fixa Jay-jay d'un œil luisant qui reflétait la couleur du matin et semblait vouloir dire :

« Regarde cette éclatante journée toute bleue et dorée ! Seul un fou pourrait se sentir triste et solitaire ! »

Jay-jay ramassa un morceau d'écorce et le lança sur l'écureuil qui s'assit brusquement sur ses pattes arrière et remua le nez d'un air désapprobateur. Puis il retourna à ses travaux non sans avoir remonté sa queue d'un air méprisant, qui signifiait : « Je n'ai pas de temps à consacrer aux jeux stupides des garçons paresseux ! Qui *ont envie* de se sentir seuls ! »

Jay-jay agita furieusement son poing et cria à l'animal : « Si je t'attrape... » Il regarda la queue en panache disparaître.

Le gamin émit un son qui ressemblait à la fois à un soupir et à un grognement. Il se moquait bien de savoir si Mme Miller allait venir aujourd'hui. « Même pas un ami, se dit-il. Rien que moi. »

Et pour une raison inexplicable, il se mit soudain en colère.

— Rien que moi, répéta-t-il. Moi !

Durant quelques secondes vertigineuses, sa courte vie tournoya dans son esprit, souvenirs confus de visages, certains bienveillants, d'autres fermés, ou neutres. Un peu de ses espérances s'était enfui avec chacun d'eux. Peut-être aurait-il de la chance cette fois-ci? Mais toujours, il avait été déçu.

— Moi, répéta Jay-jay. (Et soudain, avec une brusque résolution qui lui rendit sa bonne humeur, il s'exclama :) Oui, c'est ça! Moi! Je serai mon propre porte-bonheur! Moi!

Le cerveau en ébullition, il descendit de son perchoir jusqu'au carré de branches où il avait passé la nuit.

De cet endroit il ferait son royaume. Pour commencer, il devait construire un château. Le ruisseau gargouillant et la cascade feraient office de douves. Les gros rochers seraient parfaits comme remparts. De son observatoire situé au sommet de l'arbre le plus haut de la Grande Colline, il pourrait voir l'ennemi approcher. En fait, il ne manquait que le château. Et il allait le construire.

Une forteresse près du ciel. Dont les murs seraient de feuilles vivantes. Dont les fondations seraient un chêne solide, gorgé de sève, qui pousserait autour de lui. Avec lui. Et quand il aurait terminé la construction de sa demeure...

Les oiseaux cessèrent leur gazouillis, les papillons apparurent de tous côtés, les écureuils accoururent à petits bonds, tous attirés par l'étrange magnétisme qui émanait de l'arbre de Jay-jay.

Et tandis que l'espoir jaillissait dans le cœur du garçon, les branches se courbèrent, approbatrices, et les feuilles chantèrent :

— Oui, Jay-jay, oui.

— Quand j'aurai terminé, fit l'enfant en se frappant la poitrine, c'est moi qui choisirai les habitants et les invités de mon royaume. Oui, moi.

Il ne serait plus jamais le mendiant qui frappe à la porte. Il n'attendrait plus jamais le mot gentil. La petite tape sur la tête. Le signe indiquant qu'on voulait bien l'accepter.

A partir de cet instant, il allait devenir puissant. Fort. Seigneurial. A partir de cet instant, il était Jayjay, le Prince de Central Park.

Les feuilles se fanèrent, se desséchèrent, mais elles ne tombèrent pas. Pour une raison connue de l'arbre seul, elles restèrent sur les branches, virant du vert à l'or, de l'or au roux. Elles ne tombèrent pas. Et longtemps après que les autres arbres du parc furent dénudés, livrés sans protection à la morsure du vent, les feuilles du chêne demeurèrent, pour abriter l'enfant du regard curieux du monde.

3

Mme Miller descendit les marches de pierre fissurées de son immeuble. Elle hocha la tête à l'intention du concierge, un homme mince à la peau olivâtre, qui venait juste de sortir les poubelles.

« Il faudrait que j'apprenne à dire bonjour en portoricain », pensa-t-elle. Au fil des ans, elle avait appris à le dire en allemand, en italien, en yiddish. Pourquoi pas en espagnol? Le concierge disparut dans le sous-sol.

— De mon temps, on balayait les trottoirs, gloussa-t-elle.

Mais il est vrai qu'on faisait tellement mieux les choses de son temps. Et cela ne servait à rien de se plaindre, elle le savait bien. Parce que alors tout le monde s'écartait de vous.

Un souffle de vent souleva son manteau et elle serra plus fort son écharpe autour de son cou. Il y avait quelque chose dans l'air, aujourd'hui. Le passage de l'heure d'été à l'heure d'hiver semait la confusion dans l'esprit de Mme Miller. Elle avait toujours l'impression de perdre une heure. Elle pensa à son ami dans le parc et réprima un frisson.

« Que fait-il quand il pleut? se demanda-t-elle. Que fera-t-il quand il neigera? »

Mme Miller était presque certaine qu'il s'agissait d'un garçon. Les messages manuscrits qu'il laissait tous les jours avaient certes un trait audacieux, mais aussi une hésitation révélatrice. Presque un enfant, devina-t-elle.

« Quelle chose étonnante », se dit la vieille dame. Durant les semaines où ils avaient correspondu par l'intermédiaire du banc, elle ne l'avait jamais vu. Pourtant à chaque fois qu'elle se rendait dans le parc, elle sentait sa présence.

Tout en se hâtant pour aller faire ses courses, Mme Miller réfléchit à ce que l'inconnu du parc lui avait répondu.

Tu ne veux pas que je te voie?

Non, avait-il écrit.

Pourquoi?

Parce que.

Quel âge as-tu?

Je suis très *âgé.*

A quelle école vas-tu?

Le parc est mon école.

Où habites-tu?

Il n'avait pas répondu ce jour-là, et la vieille dame avait craint de l'avoir effarouché. Pire encore, elle pensa qu'il lui était arrivé quelque chose de grave.

Elle avait posé la question suivante avec angoisse.

Où sont tes parents?

Il avait écrit : *Je n'en ai pas.*

Qui s'occupe de toi?

Moi.

Que manges-tu?

Ce que je trouve.

Tu ne veux vraiment pas me dire où tu habites?

Dans un endroit d'où je peux vous voir sans être vu par vous.

Mme Miller attendit que le feu passe au rouge, puis traversa Amsterdam Avenue. Tout en estimant que le mystère dépassait sa compréhension, elle était sûre à présent que son ami vivait dans le parc. Hier, elle lui avait posé une question très importante, et elle était anxieuse de voir s'il avait répondu.

Un mégot de cigarette jeté d'une fenêtre du troisième étage manqua de près la vieille dame.

— Vous devriez avoir honte! cria-t-elle.

Elle hocha tristement la tête devant les rangées d'immeubles élevés. Quand Max et elle s'étaient installés ici, il y avait encore d'adorables maisons individuelles. Et des appartements de plain-pied, comme le sien.

Au fil des ans, ils sont devenus la proie des propriétaires de taudis, qui ont divisé les grandes pièces hautes de plafond en cubes minuscules afin que les gens pris en charge par la société puissent être tassés dans les espaces à louer.

— Ça doit être dangereux pour un petit garçon de vivre comme ça, laissa échapper la vieille dame.

Ah, si Max était encore vivant, il aurait trouvé le moyen de dénicher ce jeune inconnu. Seul Max aurait pu écouter et croire ce qu'elle disait.

— Ah Max, Max, soupira-t-elle.

S'il était encore vivant... elle ne recevrait pas ce genre de lettres de ses enfants qui habitaient Long Island.

— Non que je veuille aller m'installer chez eux. Ça, jamais! expliqua-t-elle à son reflet dans la vitrine de la pharmacie.

Son propre appartement, c'est tout ce qu'elle désirait. Mais même cela leur faisait peur. Elle ne leur en voulait pas vraiment, ils devaient vivre leur vie. Elle, il lui fallait se préparer pour le long voyage. Pourtant, ses petits-enfants lui manquaient beaucoup. Quelque chose en eux, leur façon de marcher, de parler, de grandir, aurait pu éclairer ses jours d'un soleil radieux.

La maladie de Max qui avait duré de longues années, avait laissé un gros trou dans ses économies. Après l'enterrement, Mme Miller avait donné la plupart de ses meubles à l'Armée du Salut, et s'était installée dans un deux pièces-cuisine. Moins de surface à nettoyer. Mais ses quatre murs étaient devenus de plus en plus oppressants. Plus que jamais, elle avait besoin de Central Park.

« Comment se fait-il qu'il vive *tout* le temps dans le parc ? » se demanda Mme Miller en passant devant l'école secondaire. C'était l'heure de la récréation, et des groupes d'enfants jouaient au ballon en criant.

— Comment s'est-il débrouillé pour échapper à ça ? marmonna-t-elle en haussant les épaules. Les agents chargés de repérer ceux qui font l'école buissonnière ne sont plus ce qu'ils étaient.

Quelle pagaille il y avait eu ici le mois dernier. La police, la foule hurlante et... bah ! qu'est-il advenu du temps où l'école était un sanctuaire, comme l'église ? Le monde entier devenait fou.

Mme Miller serra sa pochette plus fort entre ses doigts et se hâta vers la banque. Les premiers jours du mois étaient terriblement dangereux dans ce quartier. C'est à cette époque qu'arrivaient les chèques de la Sécurité sociale, faisant sortir les truands et les drogués de leur tanière. Ils attendaient que les vieilles gens rentrent du supermarché avec leurs courses, ou sortent de la banque après avoir encaissé leur chèque.

— Arrête de penser à de telles bêtises, se sermonna-t-elle. Il n'y a aucune raison d'avoir peur.

Elle jeta un coup d'œil autour d'elle. Pas d'individus

louches en vue. Rassurée, elle se remémora l'éditorial qu'elle avait entendu à la télévision, au journal de 6 heures.

Le présentateur avait déclaré qu'il y aurait moins de crimes si les gens se promenaient plus souvent dans la rue. En effet, il n'y avait rien d'autre à craindre que la peur elle-même. Elle avait cru Roosevelt lorsqu'il avait dit cela. Mais aujourd'hui, on avait l'impression que tout le monde était malhonnête, du voleur le plus minable au policier du plus haut rang.

« Que faire pour remédier à ça? » s'était demandé Mme Miller. « Tout ce qui est en ton pouvoir », avait-elle répondu. Aussi, ce mois-ci avait-elle décidé d'aller encaisser son chèque au lieu de l'envoyer directement à la banque. Elle économiserait dix *cents* de timbre — ils devraient avoir honte d'augmenter ainsi le prix des timbres — et quinze *cents* en évitant d'encaisser un chèque personnel au supermarché. Vingt-cinq *cents* en tout.

— Je lui achèterai quelque chose de bien, décida-t-elle, de vraiment bien.

Mme Miller détestait devoir compter ses sous. Max et elle avaient tout prévu pour leur retraite, et elle aurait été à l'aise si les prix avaient pu cesser de grimper.

La vieille dame arriva à la banque à 9 heures pile. Un garde ouvrit la porte. Elle entra, attendit patiemment que les employés préparent leur bureau pour la journée, allument les lumières et s'installent à leur guichet. Elle ne remarqua pas un jeune homme très mince debout devant le comptoir qui remplissait un bordereau d'encaissement.

Tout comme le prédateur vient au point d'eau en période de sécheresse, ainsi Elmo se rendait à la banque le jour de l'encaissement des chèques de Sécurité sociale. Il jetait des coups d'œil furtifs autour de lui, jaugeant les clients, essayant de déterminer celui qui ferait la proie la plus facile.

Un mois plus tôt, Elmo avait fêté son dix-septième anniversaire. Il aurait pu être un bel adolescent. Il restait encore quelques traces de jeunesse dans la structure délicate de son visage et le regard vulnérable de ses grands yeux pâles. Mais deux années d'héroïne lui avaient rongé le cerveau.

La drogue avait strié de rouge le blanc de ses yeux et laissé sur sa peau d'horribles lésions. Elmo ne pensait plus à son physique. Comme il ne pensait plus à devenir jardinier, ni forestier. A l'époque, son conseiller pédagogique l'avait regardé avec étonnement lorsqu'il lui avait annoncé ses intentions. Sans parler de ses copains. Car il n'y avait que trois façons de sortir du ghetto : le show-business, le sport ou la drogue. Elmo, n'étant pas doué pour les deux premières solutions, avait naturellement opté pour la troisième.

Ce choix lui simplifiait la vie, la divisant en périodes d'ombre et de lumière. Ombre lorsqu'il n'avait pas assez d'argent pour acheter sa dose, lorsqu'il prenait des risques terribles en attaquant les passants à la pointe du couteau. Lumière quand il parvenait à se procurer un sachet et sentait le premier afflux de sang baigner son corps, et colorer son esprit de chaleur et de sensualité. C'était meilleur que de tirer un coup, ça durait plus longtemps. Et il avait des rêves tellement glorieux que les empereurs devaient l'envier.

Mais chaque fois, Elmo devait absorber un peu plus d'héroïne pour décoller, et chaque fois, il perdait un peu plus de sa raison. Depuis l'instauration des nouvelles lois, il était plus difficile de trouver de la drogue dans la rue, et avec l'inflation, il avait besoin de quarante dollars par jour pour satisfaire son vice. En général, Elmo opérait dans Brooklyn où dans le Bronx, volant des sacs à main, attaquant un ivrogne quand il le pouvait, sillonnant les couloirs du métro tard le soir, certain de trouver une victime parfaite. Mais pour une raison qu'il ignorait, il n'avait rien fait ces deux derniers jours. Il savait qu'il ne lui restait que quelques heures avant d'être en état de manque.

Poussé par le désespoir, il était retourné dans son quartier, parce qu'on était le premier jour du mois. Le regard d'Elmo effleura une petite femme aux cheveux blancs, puis s'arrêta sur une jeune secrétaire. Le caissier remplit un sac de cuir de liasses de billet et le tendit à la fille.

« Il doit y avoir au moins deux cents dollars là-dedans, estima l'adolescent. Peut-être même mille. L'argent de la paye probablement, pour les ouvriers de l'une des rares petites entreprises qui tournaient encore dans le quartier. Un garage, sans doute. »

Elmo regarda la fille sortir de la banque. Il se força à attendre le temps de deux battements de cœur avant de la suivre. Pouvoir se passer de « travailler » pendant deux ou trois semaines... ce serait le rêve. Ne pas avoir à revendre le fruit de ses rapines à son fournisseur pour le dixième de sa valeur... Ne plus être obligé d'attaquer les gens, de leur faire du mal... être tranquille.

Les amulettes accrochées au lacet de cuir tintèrent lorsque Elmo glissa sa main dans sa poche. Ses doigts égrenèrent les bijoux comme les grains d'un chapelet. « Pourvu que tout aille bien cette fois! Pourvu qu'il y ait beaucoup d'argent dans son sac! »

Elmo franchit la porte à tambour de la banque. Malédiction! La fille se dirigeait vers une voiture garée en double file; un type genre garde du corps était affalé derrière le volant. Pendant une seconde, l'adolescent évalua ses chances. S'il avait fait nuit, il aurait pu arracher le sac en un rien de temps. Mais de jour, avec le garde de la banque à quelques mètres et la grosse brute dans la voiture...

La panique gagna lentement le jeune drogué. Il lui fallait *absolument* sa dose. La douleur qui lui nouait le ventre lui indiquait qu'il lui restait une heure, deux au plus. Des perles de sueur naquirent sur son front tandis qu'il regardait la voiture s'éloigner.

— Excusez-moi, fit la vieille dame frêle aux cheveux blancs en contournant Elmo qui bloquait la porte.

Les yeux du garçon allèrent droit à la pochette qu'elle tenait sous son bras. Elle commença à descendre la rue. Il lui emboîta le pas.

Le jeune homme suivit Mme Miller pendant quelques centaines de mètres, marchant à vingt pas derrière elle. Il attendait le moment opportun pour s'élancer et lui arracher son sac. Tendu, prêt à bondir sur sa proie, il calculait, car il avait élevé son sordide travail au niveau d'un art. Mais à chaque fois qu'il fonçait, quelqu'un arrivait d'une autre direction, la vieille dame traversait la rue, ou bien s'arrêtait, comme elle le faisait à présent, devant l'étalage d'une confiscrie.

Elmo posa son pied sur une borne d'incendie et fit semblant de rattacher son lacet, sans cesser d'observer sa victime du coin de l'œil.

— Je donnerais cher pour savoir ce qu'une femme de son âge a l'intention de faire avec une barre de chocolat géante et un énorme ballon, grommela-t-il.

Mme Miller se sentait très satisfaite d'être allée à la banque. Elle avait déposé la totalité de la somme moins dix dollars sur son compte. Puis elle était entrée dans la cabine téléphonique de l'agence, avait glissé les billets neufs dans un minuscule porte-monnaie en peau de chamois qu'elle avait ensuite épinglé à la bretelle de son soutien-gorge.

Plus tard dans la journée, elle se rendrait au supermarché et achèterait ses provisions pour la semaine.

Ainsi, elle avait suivi les consignes du présentateur à la télévision.

— Il a raison, dit-elle en haussant les épaules. Il n'y a rien à craindre. Tout se passe dans la tête des gens.

« Et quand on devient vieux, songea Mme Miller tristement, on pense beaucoup à ces choses-là. »

Lorsqu'elle tourna dans Central Park Ouest, le vent faillit lui arracher le ballon des mains. Elle sourit en le regardant danser dans l'air.

— Quelle folie d'avoir acheté cette chose! s'exclama-t-elle en tirant sur la corde. J'espère qu'il aime le rouge.

Et elle se hâta vers l'entrée de la 106ᵉ Rue à travers un tourbillon de feuilles mortes.

Elmo attendit que sa proie ait pénétré dans le parc pour traverser l'avenue. Il n'arrivait pas à croire à sa chance! Elle s'aventurait seule dans cet endroit à une heure creuse! Les habitués et leurs chiens n'étaient même pas arrivés. Dieu avait dû mettre cette vieille dame sur son chemin.

4

Mme Miller s'engagea dans l'allée, descendit les marches, remonta le temps. Imperceptiblement, son corps sembla se redresser, s'affiner pour prendre la forme d'un sablier.

« Serais-je en train de devenir folle? » se demanda-t-elle, tandis que les souvenirs se bousculaient dans sa tête. Mais le printemps avait un grand pouvoir sur l'hiver. Elle entendit les cuivres de l'orphéon, vit des filles en robes longues flotter le long du Mall, se souvint de l'époque où le chapeau constituait la pièce la plus importante d'une garde-robe féminine.

Max lui avait si tendrement fait la cour durant ces jours d'innocence. Ensemble, ils avaient soufflé sur les couronnes duveteuses des pissenlits, confiant leurs souhaits au pollen qui s'envolait vers l'avenir.

Les jours de la semaine conduisaient aux dimanches. Le parc devenait alors leur oasis. Ils déambulaient jusqu'au Pré des Moutons et regardaient gambader les doux animaux au manteau bouclé. Ou bien ils allaient danser au *Pavillon*. Max n'avait pas le pied léger mais il subissait l'épreuve du Castle Walk et du Peabody parce qu'elle aimait cela.

Puis le *Pavillon* avait brûlé. Quand était-ce arrivé? Vingt ans, quarante ans auparavant? Elle entendit le clip-clop des chevaux trottant sur l'herbe, distingua le léger halo des lampes éclairant d'une lumière discrète les amoureux qui se promenaient. Une semaine avant que Max ne l'épouse, elle l'avait autorisé à la toucher pour la première fois, dans le parc. Elle ne l'avait jamais regretté.

Quand les enfants étaient venus, Mme Miller avait poussé leur landau le long de ces allées. A l'époque, elles étaient faites d'argile tassé, non pas d'asphalte gris et froid. Et il n'y avait pas tous ces grands immeubles au loin qui barraient le paysage. Lorsqu'on pénétrait dans le parc, on ne voyait que de l'herbe, des arbres, le ciel à perte de vue. On pouvait oublier qu'une ville était tapie derrière cette verdure. Il n'y avait pour ainsi dire pas d'automobiles alors, ni de papiers gras, ni...

Le ballon tenta de s'envoler, tirant sur le doigt de Mme Miller. La vieille dame haussa les épaules.

— Je suis encore en train de radoter. Après tout, le parc est toujours là. Même s'il est abîmé, c'est mieux que rien.

Perdue dans ses souvenirs, Mme Miller n'avait pas

remarqué qu'Elmo s'était rapproché d'elle. Elle s'arrêta devant son banc et attacha le ballon à l'une des lattes.

Elle inspecta le dossier, impatiente de voir si son ami avait répondu à sa question : *Tu veux bien me dire ton nom?*

La réponse était là !

– *Le Prince de Central Park !* murmura Mme Miller, emplie de respect.

Elle se tourna pour s'asseoir. Alors seulement, elle aperçut Elmo. Elle comprit presque tout de suite. Ses mains montèrent instinctivement vers sa poitrine.

Elmo frappa d'un seul mouvement agile, lui arrachant son sac des mains, fouillant rapidement tous les compartiments. Rien! Juste un peu de monnaie. Sa carte de demi-tarif Troisième âge. Qui prévenir en cas d'accident. Deux photos d'enfants.

Il approcha son visage de celui de la femme :

– Où est-il? Je vous ai vue à la banque. On vous a donné de l'argent. Où est-il? Je ne veux pas vous faire de mal, dit-il, plus fort, cette fois. (Sa voix oscillait entre la menace et la supplication.)

Elle le lui aurait dit si elle avait pu, mais la terreur paralysait ses cordes vocales. Ses doigts réduisirent la barre de chocolat en une infâme bouillie. Elle regarda ses mains et une pensée terrifiante lui traversa l'esprit.

Se pourrait-il que ce jeune homme soit son prince inconnu? L'aurait-il trompée pendant toutes ces semaines pour la prendre ainsi au piège?

Ses mains tremblaient lorsqu'elle lui tendit ce qui restait de la barre de chocolat. Elmo l'écarta d'un geste. Il dévisagea la vieille dame. Aucun bijou. Mauvais, ça. Il lui faudrait changer de quartier pour trouver une autre victime. Parce que s'il la laissait partir, elle irait tout raconter aux flics, c'était sûr, et ils seraient sur le qui-vive. A la pensée du temps qu'il avait perdu à la suivre, la douleur se propagea plus vite dans son corps.

— Où est-il? hurla le garçon, perdant tout contrôle.

Il saisit la vieille dame aux épaules, la secoua violemment. Mme Miller hurla. Elmo frappa. Elle tomba et sa tête heurta le sol.

« Est-ce que je l'ai tuée? » L'adolescent, affolé, s'agenouilla près d'elle. Dieu merci, elle respirait encore.

— Quelquefois, elles cachent leur fric, grogna-t-il. Dans leurs chaussures, ou leurs sous-vêtements.

Il souleva sa jupe. Rien en haut de ses bas. Il tira sur son soutien-gorge; ses doigts meurtrissaient la chair molle... Là! Épinglé à la bretelle du soutien-gorge.

Depuis son poste d'observation, en haut du chêne, Jay-jay avait aperçu Mme Miller qui descendait l'allée. Son cœur avait fait un bond gigantesque à la vue du ballon rouge qu'elle tenait. Plus éclatant que le soleil par cette froide journée d'octobre.

Un bouquet de jeunes saules la cacha à sa vue pendant quelques instants. Jay-jay attendit avec impatience qu'elle réapparaisse, devancée par la grosse boule rouge. Pourquoi une femme de son âge s'amuserait-elle avec un ballon? Jay-jay n'osait espérer qu'elle... Il sursauta en voyant qu'un type la suivait de près. Il était presque sur elle.

Les poils de son cou se hérissèrent. Le type allait attaquer Mme Miller. Pas de doute. Des sentiments contradictoires se heurtèrent dans la tête du gamin. Il voulait la prévenir, tout en maudissant le jour où il avait eu la curiosité de lire sa lettre. Un mois de fruits, de gâteaux et de sandwiches lui ordonnait de faire quelque chose pour la vieille dame.

Mais s'il criait, il se découvrait. Tout ce qu'il avait patiemment construit pendant les semaines passées serait détruit en un instant. Si tout le monde savait où il vivait, il n'aurait plus qu'à partir.

— Tiens, c'est bizarre ! s'écria-t-il.

Ce type avait quelque chose de familier. A cette distance, Jay-jay n'arrivait pas à voir nettement son visage... mais la façon dont il tenait ses épaules voûtées... Le gamin visualisa le bas de nylon qui recouvrait la figure du jeune homme, déformant totalement ses traits. Elmo. Le voyou qui l'avait détroussé dans l'ascenseur.

Toute action devenait deux fois plus dangereuse. S'il se montrait, Elmo pourrait bien le reconnaître, découvrir sa cachette. Et Jay-jay ne pouvait pas se payer le luxe de montrer *à Elmo* qu'il vivait dans le parc !

Tout en luttant avec sa conscience, le garçon vit le drogué se lancer sur Mme Miller. Il tenta de détourner les yeux. « Ça ne te regarde pas, les vieillards n'ont jamais rien fait pour toi, ne te mêle pas de ça ! »

Mais Jay-jay ne parvint pas à se convaincre. Il observait la scène, hypnotisé. On aurait dit un léopard traquant une vieille biche. L'issue du combat ne laissait aucun doute. Elmo bondit. Le corps de Mme Miller se figea. Pendant quelques secondes il eut l'impression que les deux adversaires s'étaient transformés en statues : la vieille dame serrant ses poings contre sa poitrine, Elmo les bras écartés, imposant. Au-dessus d'eux, le ballon rouge continuait sa danse impertinente au gré du vent.

Le drogué sortit de son immobilité, ses lèvres se mirent en mouvement, ses poings s'agitèrent. Mme Miller cria en tombant, un pauvre cri las et résigné. Jay-jay était persuadé que quelqu'un l'avait entendue, que quelqu'un allait accourir. Personne ne vint.

— Même pas toi !

Jay-jay eut honte.

Elmo était penché sur la vieille dame, triturant sa robe. Toutes les craintes de Jay-jay, toutes ses réticences disparurent lorsque le jeune homme toucha Mme Miller.

Il dégringola jusqu'à terre, se maudissant d'avoir attendu si longtemps. Quand il arriverait auprès d'eux, il serait peut-être trop tard. Le garçon franchit les derniers mètres à toute allure. Ses pieds touchaient à peine le sol. En bas de la colline, il ramassa une grosse branche tombée d'un arbre sans même ralentir sa course.

Un système d'alarme interne avertit Elmo que tout était loin d'être parfait. Il se trouvait en terrain découvert. Mais il n'avait pas le choix.

Une fois de plus, son regard balaya la pelouse, s'aventura jusqu'aux arbres qui couvraient la colline escarpée. Personne en vue. Tremblant d'impatience, il ouvrit le porte-monnaie.

— Elle y a peut être rangé des bijoux, souffla-t-il d'une voix rauque.

Ça serait formidable. De quoi tenir trois ou quatre jours.

Le jeune homme vida le contenu du porte-monnaie par terre et s'assit brusquement. Dix billets de un dollar! Une alliance usée, qui ne valait pas un clou. Rien d'autre!

Lorsque Elmo comprit que quelqu'un fonçait sur lui, il était trop tard. Il se retourna. Un gamin — presque un enfant. Il eut à peine le temps d'apercevoir son visage avant que la branche ne s'abatte sur sa tête. Il s'écroula, assommé. A demi conscient, mais totalement incapable de bouger, il regarda son assaillant. Incroyable! Un môme! Puis Jay-jay se tourna et Elmo vit une grosse tache rouge sur le dos de son blouson.

Le gosse arracha l'argent des mains du jeune homme. Soudain, il se figea. Il venait de repérer un médaillon autour du cou de sa victime. Son médaillon!

Il attrapa la chaîne et la passa par-dessus la tête

d'Elmo. Il avait envie de lui donner des coups de pied, de le frapper, de crier: « Tu vois? Je l'ai récupéré et tu ne me l'enlèveras plus jamais! »

Mais Jay-jay ne pouvait rien faire de tout ça, car les yeux d'Elmo suivaient ses moindres gestes. Et il avait terriblement peur de ces deux fentes jaunes.

Il se tourna vers Mme Miller, remonta le corsage de sa robe pour cacher son soutien-gorge, rabattit la jupe. Tirant et poussant, il tenta de dégager la vieille dame, écrasée sous le corps inerte du voyou.

Mme Miller émergea du puits noir lorsqu'elle sentit des tapes sur sa joue. Elle ouvrit les yeux – un petit garçon – ce ne pouvait être qu'un garçon. Il était tellement sale.

Elle cligna des yeux. Lorsqu'elle regarda de nouveau, il avait disparu. Ainsi que la barre de chocolat qu'elle avait tenue dans sa main.

Mme Miller sentit quelque chose peser sur ses jambes. Elle se souleva et vit son assaillant étendu en travers d'elle. Les billets chiffonnés étaient posés sur sa robe, près du porte-monnaie et de l'alliance.

La vieille dame se dégagea en gémissant. Elle récupéra son sac et y rangea l'argent. Une douleur sournoise palpitait dans sa tête. Tout son corps était meurtri. Elle savait qu'elle n'allait pas tarder à céder à la nausée qui s'était emparée d'elle, pourtant elle s'éloigna du banc aussi vite que ses jambes cotonneuses le lui permirent, poussant de faibles cris tous les trois pas.

Une voiture de police qui passait dans Central Park Ouest s'arrêta lorsqu'elle sortit du parc en titubant et s'écroula contre le mur de béton.

Mme Miller parvint à raconter aux policiers ce qui était arrivé. Elle désigna un point dans le parc.

– Le banc avec le ballon, bredouilla-t-elle avant de s'évanouir.

L'un des flics appela une ambulance, l'autre se prépita dans le parc, pistolet au poing. Mais lorsqu'il atteignit le banc, il ne trouva personne.

Il fouilla les buissons alentour et finit par coincer Elmo. Le jeune garçon était écroulé dans un coin. Il massait la bosse qui pointait sur sa tête. Sans lui laisser le temps de résister, le flic lui passa les menottes et l'entraîna hors du parc. Il ne cessa de se débattre et de protester de son innocence tout le long du chemin.

Conduit au poste de police, Elmo nia farouchement les accusations de la vieille dame.

— Je n'ai pas d'argent sur moi, vous voyez bien? C'est la parole d'une vieille folle contre la mienne! Et elle n'est même pas là!

Quant aux traces de piqûres sur ses bras, elles parlaient d'elles-mêmes. Oui, il se piquait, mais il s'apprêtait justement à commencer une cure de méthadone quand les flics l'avaient arrêté sans aucune raison!

— Si on n'a même plus le droit d'être assis tranquillement dans les buissons!

Le médecin du poste lui fit une injection de méthadone pour l'empêcher de tomber dans le coma, puis on le conduisit à la prison de Tombs. Elmo n'avait jamais été incarcéré et l'idée d'être enfermé faillit le faire flipper.

Au service des urgences du Flower Fifth, l'hôpital le plus proche du lieu de l'agression, les médecins examinèrent Mme Miller, puis rendirent leur diagnostic. État de choc, légère commotion. Quelques coupures et contusions. Elle n'était pas en mesure de porter plainte, encore moins d'identifier son assaillant.

Elmo fut traduit devant le tribunal. Son esprit se mit à travailler fiévreusement lorsqu'il entendit les accusations portées par l'officier de police qui l'avait arrêté. La vieille dame, dans la déposition qu'elle avait faite depuis son lit d'hôpital, affirmait qu'il y avait un témoin oculaire. Un gosse avait assisté à toute la scène.

Elmo posa sa main sur son cou, là où s'était trouvée la médaille. Si le môme montrait le bout de son nez et confirmait l'histoire de la vieille, il risquait d'être envoyé en taule pour plusieurs années. Il connaissait ce petit salaud, c'était celui qu'il avait cogné dans l'ascenseur du meublé. « J'aurais dû l'égorger quand il a essayé de se défendre ! »

Le tribunal croulait sous les dossiers. Les flics étaient incapables de mettre la main sur le prétendu témoin. La cour décida donc de demander une caution peu élevée et de repousser la date du procès jusqu'à ce que Mme Miller soit en état de comparaître. Elmo devait aussi commencer une cure de méthadone; c'était l'une des conditions de sa mise en liberté.

Le jeune drogué avait droit à un coup de téléphone. Il appela son fournisseur, qui lui avança l'argent de la caution. C'était un investissement. Si le petit devenait son débiteur, il pourrait le forcer à faire un ou deux coups *sérieux* quand les flics l'auraient un peu oublié.

Elmo fut libéré alors qu'il était réellement sur le point de flipper. Son soulagement se transforma lentement en rage froide.

« Moi ? Me faire coincer par un môme ? se dit-il, jamais ! »

Il fila tout droit au meublé, mais le petit salaud resta introuvable. Après deux jours de recherche, il finit par apprendre le nom de celui qu'il cherchait.

Personne ne savait où était passé Jay-jay. L'ivrognesse du neuvième pensait qu'Ardis l'avait emmené quand elle était allée passer l'hiver en Floride avec son Jules. Une autre voisine affirmait que le garçon était parti vers le nord vivre chez des parents. La plupart des habitants de l'immeuble se moquaient éperdument de son sort. Il n'était plus là, c'était tout.

— Non, il n'est pas parti! grommelait Elmo en courant vers le parc.

Il commença à chercher frénétiquement. Il localisa le banc près duquel le gamin l'avait attaqué. Il y avait des tas de trucs écrits sur les lattes. Elmo se pencha et examina le banc de plus près.

— C'est eux qui ont écrit ça!» s'exclama-t-il, reconnaissant le nom de Mme Miller d'après sa déposition.

A grand-peine, Elmo assembla les différents messages. Il parvint rapidement à cette conclusion : le gosse était toujours dans les parages. Il venait souvent dans le parc. La vieille dame aussi. Le banc était leur lieu de rendez-vous.

— Je fouillerai tout le parc s'il le faut, cracha Elmo, les mâchoires crispées. Il finira bien par se montrer.

Le regard du jeune homme balaya le paysage puis revint se poser sur le banc. Nom de Dieu! Il devait y avoir quelque chose entre le gosse et la vieille dame! Cette pensée ne fit qu'augmenter la rage d'Elmo.

Il courba les épaules de plus belle. Le sang battait à ses tempes. Il crut que sa tête allait exploser. Il s'était fait pincer! Pour la première fois de sa vie! Et par un môme!

Il ne s'en rendit pas vraiment compte. La lame du couteau s'ouvrit entre ses doigts serrés.

Son poing fendit l'air, s'abattit.

— Je t'aurai! hurla-t-il tandis que la pointe de l'arme s'enfonçait dans les lattes du banc. *Je t'aurai!*

L'acier plongeait dans le bois, taillant, détruisant, oblitérant toute trace d'écriture.

Lorsque sa colère s'épuisa, Elmo regarda le couteau qu'étreignait sa main tremblante. «Tu ferais mieux de te calmer, pensa-t-il, fermant la lame d'un coup sec. Il faut que tu gardes ton sang-froid à tout prix. C'est le seul moyen de le coincer.»

— Et tu peux être sûr que je vais te coincer, murmura-t-il, avant que tu puisses m'avoir, moi.

L'idée de mettre la main sur ce petit salaud, de lui régler son compte une bonne fois pour toutes, devint aussi obsédante que l'héroïne.

Si le môme était hors circuit, il ne pourrait pas venir témoigner contre lui au tribunal, et tout redeviendrait comme avant.

Jour après jour, il fouilla le parc. Ses doigts égrenaient sans fin le chapelet de talismans accrochés au lacet de cuir. Il ne manquait que la médaille. Pas pour longtemps.

Elmo arpenta le parc d'ouest en est, du nord au sud, dévisageant tous les enfants qu'il croisait. Sa folie atteignit un paroxysme. Chercher, trouver Jay-jay devint sa drogue.

TROISIÈME PARTIE

1

L'agression avait terrifié Jay-jay. Trois nuits de suite, il rêva d'Elmo, de ses yeux jaunes qui le traquaient, de ses mains qui se refermaient sur sa gorge. A chaque fois, il se réveillait trempé d'une sueur froide.

« Elmo est en prison! se sermonnait-il. Tu l'as vu partir menottes aux poings. »

Jay-jay savait qu'il devait calmer ses terreurs s'il voulait un jour poser la dernière planche de son château.

« S'il doit se passer quelque chose, je ne changerai rien en me faisant du souci, se dit-il. En attendant, je ferais bien de me mettre au travail. »

Il avait besoin d'un véritable abri pour le protéger du mauvais temps. Jusqu'à présent, il avait eu de la chance, mais l'été indien ne serait pas éternel. Les feuilles étaient déjà moins vertes qu'hier. Elles seraient jaunes demain. « Un jour ou l'autre, il neigera! » se dit brusquement le garçon, et cette sombre pensée le poussa à agir.

Il y avait des chantiers en permanence dans le parc. Sauf au-dessus de la 96ᵉ Rue. Là, tout était laissé à l'abandon. Jay-jay se dirigea donc vers le sud, en quête de matériaux de construction.

En chemin, il s'arrêta dans des toilettes publiques. Il pouvait entendre les voix des préposés au nettoyage, de l'autre côté du mur. Il ne s'attarda pas. Un enfant, tout seul, un jour de classe? Cela ne pouvait qu'éveiller leurs soupçons. Il sortit non sans avoir fait provision de papier hygiénique. Jusqu'à présent, il s'était contenté de feuilles, mais l'hiver approchait...

Après la 97ᵉ Rue Transversale, le claquement sec des balles de tennis parvint à ses oreilles. Des hommes et des femmes vêtus de blanc voletaient sur le terrain. A l'extrême pointe de la Prairie Sud, des ouvriers nivelaient le sol, préparant de nouveaux courts. Les bulldozers grognaient, les arbres tombaient, pointant leurs racines torturées vers le ciel. Jay-jay passa devant un tas de planches recouvert d'une bâche.

« Humm, c'est juste ce qu'il me faut », songea-t-il tandis que le château prenait forme dans sa tête. Il se rappela brusquement le tipi du Museum d'Histoire Naturelle : la bâche pourrait lui servir aussi. « Attention, ne tente rien pendant la journée, se dit-il, contrôlant à grand-peine la fébrilité de ses mains. Reviens après la tombée de la nuit. »

Rasséréné par la découverte du bois, Jay-jay poursuivit son chemin.

« Voyons voir ce qui se passe de nouveau dans le royaume. »

Droit devant lui s'étirait une mer bleue. Un chemin poussiéreux suivait le grillage métallique qui entourait le Réservoir. Jay-jay colla son visage à la grille et regarda l'océan. C'était sûrement un océan puisqu'il y avait des mouettes. Une flottille de canards fila sous son nez, entraînant dans son sillage des canetons qui nageaient en file indienne.

Jay-jay lança un caillou dans l'eau. Les mouettes battirent des ailes, lentement d'abord, puis de plus en plus vite et s'élevèrent dans le ciel pour piquer vers la terre quelques secondes plus tard et se poser de nouveau à la surface de l'eau.

— Ah, si j'avais droit à un souhait! dit Jay-jay en étendant les bras, imitant le vol des oiseaux blancs.

Il ne s'attaqua pas aux canards, seulement aux mouettes, ces aventurières. Le mauvais temps chassait les gens du parc.

— Ce qui signifie moins de nourriture dans les poubelles, déclara le gamin en lançant un autre caillou dans l'eau. Moins il y a de concurrence, mieux c'est.

« Tiens, songea-t-il, je n'ai pas vu le petit bâtard depuis deux ou trois jours. » Il lui manquait.

A cet endroit, le Réservoir occupait presque toute la largeur du parc. Jay-jay jeta un coup d'œil de l'autre côté de la mer sereine, vers la Cinquième avenue, cette terre étrangère. Des indigènes gros et gras vivaient dans les tours de ce royaume fantastique, enveloppés de fourrure, croulant sous les bijoux. Ils pouvaient avoir *tout* ce qu'ils désiraient. Même des tonnes de spaghetti.

Jay-jay serra les poings :

— Un jour, je traverserai l'océan pour conquérir cette terre et vivre comme eux !

Soudain, une bouffée de honte l'envahit. Il se cogna la tête contre la grille.

— Qu'est-ce que ça peut bien me faire, la façon dont ils vivent? Est-ce qu'ils ont des branches pour murs, des oiseaux pour voisins, l'odeur des plantes qui poussent? Dès que j'aurai trouvé des outils pour construire mon château, j'aurai la plus belle maison du monde !

Jay-jay longea la courbe du Réservoir jusqu'à la 86e Rue Transversale. Il se dirigea vers l'est et faillit foncer droit dans le 22e poste de police. Il fit demi-tour, sans perdre une seconde ! Les hommes du shérif de Nottingham étaient partout! Le gamin s'enfonça dans la forêt de Sherwood.

Coupant la Grande Pelouse en diagonale, Jay-jay s'approcha d'un monolithe noir. L'aiguille de Cléopâtre. L'obélisque, couvert de hiéroglyphes, dressait sa pointe vers le ciel.

Jay-jay lut la plaque.

« Construit en 1500 av. J.-C. Offert au peuple des États-Unis par le gouvernement égyptien en signe d'amitié. 1881. » Il contempla la colonne avec un certain respect. Des types avaient construit ce truc, voyons voir, trois mille, non trois mille cinq cents ans auparavant! Et il était toujours debout!

Le cri strident d'une scie électrique le tira de sa rêverie. Il se dirigea vers la Colline du Cèdre, au sud de la 79e Rue Transversale. Avant même qu'il n'y parvienne son cœur se mit à battre plus fort. C'est là qu'il trouverait les outils!

Une grue gigantesque dominait la crête de la colline. Un assemblage de poutres métalliques, de poulies, de treuils, de roues dentées. C'est tout ce qu'il pouvait voir. Le reste, s'il y avait un reste, était caché par une palissade de trois mètres.

« Je parie que la CIA est en train de creuser un tunnel jusqu'en Chine », se dit Jay-jay. Mais il ne pouvait se contenter d'hypothèses, aussi élaborées fussent-elles. Il devait savoir. S'enveloppant dans son manteau d'espion, Jay-jay partit en exploration.

Plus il approchait du sommet de la colline, moins il avait de chance de voir ce qu'il y avait de l'autre côté. La palissade entourait le chantier en un cercle irrégulier. Des écriteaux y étaient accrochés: *Danger! Explosion! Défense d'entrer!* Jay-jay n'en éprouva que plus fortement le besoin de savoir ce qui se passait.

Pour égayer l'horreur qui défigurait la colline, des amoureux du parc avaient peint des fleurs au magic marker sur la triste barrière grise. Il y avait aussi des inscriptions.

Nous avons rencontré l'ennemi. C'est nous.

Sauvez le monde, mais commencez par le parc.

Celui qui vit par la pollution périra par la pollution.

Vieux proverbe chinois : l'homme est un dieu dans son jardin.

Jay-jay ajouta un gros *Amen*, au marqueur rouge et signa L.P.D.C.P.

Il suivit la palissade jusqu'à la voie Est. Sur une excroissance de mica, ombragée par le feuillage d'un cornouiller, un jeune couple était en train de faire l'amour. Ni le garçon ni la fille ne virent Jay-jay. Évidemment, il portait son manteau d'invisibilité.

Suivant toujours la palissade, le gamin arriva devant l'entrée principale du chantier. Accroché sur la gigantesque double porte, un panneau dévoilait la solution du mystère.

AVIS AU PUBLIC

Les travaux entrepris sur ce site font partie de la construction du troisième tunnel municipal, financée par le Comité des Eaux, afin de pouvoir fournir de l'eau pure et filtrée aux habitants de la ville de New York. Ce nouveau tunnel est destiné à suppléer aux graves déficiences du système d'aqueduc existant. Toutes les précautions sont prises pour réduire au minimum les perturbations, et...

— Bla, bla, bla, termina Jay-jay. Ce qu'il veulent dire, en vrai, c'est que New York commence à manquer d'eau.

« Maintenant, il te faut une vue aérienne de l'intérieur du chantier, se dit le gamin. Pour que tu puisses te faire une idée de ce qui t'attend. Tu te rends compte, si tu entrais là-dedans cette nuit sans savoir où tu vas, tu risquerais d'avoir de gros ennuis. »

Jay-jay continua à longer la palissade. Elle s'interrompit brutalement à la 79e Rue Transversale. Le mur de soutènement et la falaise à pic qui bordaient la route formaient ici une barrière naturelle.

— Deux solutions, grommela Jay-jay. Laisser tomber ou...

Il grimpa sur le mur. Écartant les bras, il se mit à avancer lentement. Les voitures passaient à toute allure en bas, et de brusques souffles d'air venaient le frapper par intermittence, menaçant son équilibre. A mi-chemin le mur s'arrêtait, faisant place au roc qui, à cet endroit, surplombait la route. Jay-jay s'allongea à plat ventre sur la surface rocheuse et se pencha. Lorsqu'il atteignit le point de non-retour, il fut pris de vertige. Il ferma les yeux et s'agrippa au rocher jusqu'à ce que le malaise soit passé.

Un guignier se dressait devant lui, à l'endroit où le mur de soutènement, qui continuait après la saillie, se terminait pour faire place de nouveau à la palissade. Cherchant un point d'appui sur la corniche, Jay-jay tendit les bras et s'accrocha au tronc de l'arbre. N'osant pas regarder en bas, il quitta le surplomb rocheux.

— Je l'ai échappé belle, souffla-t-il.

Mais cet acte téméraire lui avait ouvert l'accès au chantier, car les branches du guignier passaient de l'autre côté de la barrière.

Jay-jay jeta un coup d'œil autour de lui. Pas d'espion ennemi. Il bondit et agrippa l'une des branches basses. Se redressant, il rampa prudemment jusqu'à la palissade.

Jay-jay resta bouche bée devant l'agitation qui régnait à l'intérieur du chantier. Juste au-dessous de lui, près du mur de soutènement, on était en train d'ouvrir à la dynamite une gigantesque excavation dans le roc. Une plate-forme branlante zigzaguait tout autour du trou pour empêcher les ouvriers d'y tomber. Vingt mètres de profondeur au moins! estima Jay-jay.

Un tuyau flexible jaune serpentait sur le fond boueux, aspirant l'eau. Le gamin était en pleine confusion. Il sortit son carnet et se mit à gribouiller furieusement, traçant un plan rapide du chantier.

Des générateurs, des pompes, et un tas d'autres machines qu'il ne connaissait pas. Un beau tracteur rouge de la marque Lima. Des piles de bidons d'huile et un panneau. *« Interdiction formelle de fumer. »*

Une fumée âcre montait d'une poubelle de fer rouillé où l'on était en train de brûler des ordures. Les ouvriers casqués grouillaient sur le chantier, et il y avaient même un garde en uniforme qui portait un pistolet à la hanche. Garé près de l'entrée principale se trouvait une remorque en aluminium sur laquelle était accroché un écriteau :

BUREAU MOBILE
SERVICE DE LOCATION
COMPAGNIE D'ÉQUIPEMENT A-Z

Et non loin de là une baraque à outils dont la porte était grande ouverte !

Jay-jay regarda les ouvriers entrer et sortir de la remise, portant des scies, des perceuses, tout ce dont il avait besoin.

— Je savais que c'était le bon endroit ! souffla-t-il. Je le savais !

A côté de la baraque se trouvait une gigantesque bobine de câble, d'au moins un mètre cinquante de diamètre. Jay-jay aurait bien voulu pouvoir la rouler jusqu'à chez lui. C'était le plus merveilleux jouet du monde.

Une benne basculante jaune, un appentis complétaient le décor. Et, dominant tout le reste, l'excavatrice rouge, dont les dents de métal mordaient la terre juste sous lui.

« Est-ce que la branche tiendra si je m'approche un peu plus ? » se demanda Jay-jay. Parce qu'il lui faudrait dépasser la palissade et sauter sur la plate-forme. Il estima les distances, se persuadant que c'était possible. Il s'imagina sautant sur l'étroite passerelle, la manquant, tombant dans un puits de vingt mètres...

« C'est trop dangereux ! » cria une voix terrifiée dans sa tête.

Oui, c'était dangereux, mais la forteresse contenait tout ce dont il avait besoin. Jay-jay plia le plan et le rangea dans sa poche, toujours indécis.

— Voilà ce que tu vas faire, déclara-t-il, en avalant péniblement sa salive. Si tu trouves des outils ailleurs, peut-être aux courts de tennis, tu ne tenteras pas le coup ici. D'accord ?

— D'accord, se répondit-il. Le destin décidera.

Il ne se demanda même pas comment, après être entré, il sortirait du chantier.

2

« Rien à faire avant la nuit », se dit Jay-jay. Une légère bruine s'était mise à tomber et le Metropolitan Museum, qui était à deux pas, lui paraissait être l'endroit rêvé pour tuer le temps. En fait, Jay-jay n'aimait pas particulièrement ce musée, où il était venu une ou deux fois avec son instituteur ; on y voyait principalement des trucs qui avaient appartenu à des personnes mortes depuis longtemps. Rien de bien excitant.

— Mais au moins, il y fera chaud, conclut-il, en sautant d'une dalle à l'autre sur le parvis du musée.

S'accrochant à la rampe de cuivre poli, Jay-jay gravit les vingt-huit marches qui menaient aux portes du bâtiment et pénétra dans le grand hall.

Trois gigantesques lustres dispensaient une lumière vive. De chaque côté de l'entrée, des îlots de plantes vertes, entourés de bancs.

Jay-jay s'avança sur le sol couleur saumon, tout excité à la pensée des territoires inexplorés qui s'étendaient devant lui.

— Jay-jay, le rat d'hôtel du Metropolitan, soufflat-il. Mais je suis sûr que tous les outils, s'il y en a ici, sont des antiquités.

« Étudiants, entrée gratuite », disait la pancarte. Jay-jay remonta son pantalon et passa tranquillement devant le zombi qui faisait office de gardien. « Même si je ne vais plus à l'école, je ne mens pas. Je suis simplement étudiant en *vie sauvage* », pensa-t-il en gloussant.

La pluie avait éloigné les promeneurs, et Jay-jay avait presque le musée pour lui tout seul. Chaque salle devenait une machine à remonter le temps, le transportant dans de lointaines époques.

Dans l'une de ces pièces, aux murs couverts de tableaux, il admira *Aristote contemplant le buste d'Homère*.

Une vieille dame accompagnée d'un monsieur qui ressemblait à une asperge desséchée lui bouchait un peu la vue.

— Tout simplement fantastique, croassait la femme. Quand je pense que le musée l'a acheté pour une bouchée de pain. Quatre millions de dollars seulement.

— Fantastique, tout simplement, fit l'homme.

Jay-jay se dit qu'il n'aurait sûrement jamais donné quatre millions de dollars pour ce truc. On devait pouvoir en planter, des arbres et des fleurs, pour ce prix-là !

Dans la salle réservée à l'Art Indien, le gamin tomba en arrêt devant une statue intitulée *Couple amoureux*. Il fit le tour de la sculpture et la détailla avec un intérêt croissant. La femme avait passé une jambe autour de la taille de son amant, et l'homme...

On apprend des tas de choses dans ce genre d'endroits, constata Jay-jay, qui sentait naître en lui un respect nouveau pour les musées. Par exemple que les gens faisaient déjà ça au XIIIᵉ siècle. Et debout!

Après avoir épuisé ses fantasmes, il s'intéressa à la statue suivante, qui représentait Bouddha. Région de Tanjore. Début du Xᵉ siècle. Ce type avait quatre visages, chacun regardant vers l'un des points cardinaux.

« Comme ça il peut voir arriver ses ennemis, se dit-il, songeant à Elmo. Peut-être que si on se connaissait mieux lui et moi on pourrait devenir amis, non? » Il soupira puis haussa les épaules. Non. Ça ne marcherait jamais.

Quelqu'un avait posé une pièce de monnaie dans la paume de Bouddha. Jay-jay jeta un coup d'œil au tour de lui, s'assura que personne ne le regardait et empocha l'argent.

Il tua l'heure suivante dans les salles consacrées au Moyen Age. Là, au moins, il y avait des trucs intéressants! Des chevaliers en armures, des chevaux, des bannières. Il ferma les yeux et entendit le son des trompettes, les cliquetis des épées.

Puis il passa devant une tapisserie et s'arrêta net. « Prêt des Cloîtres », disait la plaque. La *Chasse à la Licorne*.

« Des centaines de dames ont dû broder pendant des centaines d'années pour arriver à faire un truc pareil », pensa Jay-jay, dévorant la scène des yeux.

Lance pointée, arc bandé, les chasseurs traversaient une forêt de roux et de verts. Leurs chevaux blancs se cabraient, des hommes et des demoiselles les suivaient, battant les taillis. La licorne saignait, fuyait à travers les arbres tissés, comme elle l'avait toujours fait depuis sept cents ans.

Instinctivement, l'enfant tendit la main vers la

créature de légende. Son bras hésita puis retomba. La licorne courait pour l'éternité.

Brusquement, Jay-jay comprit à quoi servaient en fait les musées. Il ne s'agissait pas vraiment de gens disparus ni des choses qui leur avaient appartenu. C'était tout simplement un moyen d'arrêter le temps. Celui qui était mort des centaines d'années auparavant laissait derrière lui quelque chose qui disait : « Regardez ! J'ai créé cette œuvre. Souvenez-vous de moi ! »

Avant de quitter le\second étage, Jay-jay retourna dans la salle indienne et remit la pièce dans la main du Bouddha.

— Ce n'est pas que je croie à toutes ces superstitions, dit-il au visage affable et souriant. Mais j'ai une nuit difficile devant moi et j'aurais besoin de beaucoup de chance. En plus, un *cent,* ça ne vaut rien de nos jours.

Il descendit les vingt-trois marches qui menaient au premier étage, puis les vingt-trois autres qui conduisaient au rez-de-chaussée.

« Je deviens dingue ou quoi ? » se demanda-t-il lorsque ses narines reniflèrent une odeur de nourriture. Il suivit le délicieux arôme à travers la salle romaine et la salle grecque, puis descendit dans un grand hall voûté. Son nez ne l'avait pas trompé. Devant lui se trouvait une grande cafétéria.

« Un dollar minimum », lut Jay-jay. Fouillant ses poches vides, il ajouta : « Autant dire un million. »

La cafétéria était entièrement peinte en noir et le plafond éclairé par des lampes fluorescentes dissimulées de façon à donner une lumière tamisée. Au milieu de la salle, un gigantesque bassin était entouré de hautes colonnes blanches et de palmiers en pots. Trois dauphins de bronze s'apprêtaient à bondir hors de l'eau et sept personnages montaient d'autres marsouins. Des jets limpides sortaient de la bouche des dauphins.

Des tables étaient disposées tout autour de l'édifice. Jay-jay faillit s'évanouir en voyant les serveurs porter des plateaux chargés de nourriture.

Soudain, le gamin constata que le Bouddha lui avait réellement porté chance. Des milliers de pièces de monnaie brillaient dans l'eau de la fontaine. Des pièces d'un *cent,* et même de dix et de cinq. Jetées là par des gens qui voulaient que leurs souhaits se réalisent.

Jay-jay n'hésita pas une seconde. Il enleva ses chaussures, en noua les lacets et les passa autour de son cou. Que le sort se prononce pour les courts de tennis ou la Colline du Cèdre, le meilleur moyen de réussir était encore de faire un bon repas!

Une femme entre deux âges, couverte de bijoux, enveloppée dans un manteau en peau de phoque, regardait le gosse avec indifférence. Elle ouvrit tout grands les yeux lorsqu'elle le vit entrer dans le bassin.

— L'eau m'arrive à peine aux genoux, dit le garçon en commençant à ramasser l'argent.

En peu de temps, il récolta plus de vingt-cinq *cents,* et se concentra sur les grosses pièces.

Les dîneurs se levèrent, le montrant du doigt en riant. Jay-jay ne prêta pas la moindre attention à leurs applaudissements. Il continua sa pêche miraculeuse.

Un gardien de musée, attiré par le bruit, s'engouffra dans le restaurant.

— Fous le camp d'ici! hurla-t-il au gamin.

Jay-jay ramassa de plus belle.

Le gardien interpella l'un des serveurs qui regardait la scène, hilare.

— Faites-le sortir de là! Vous m'entendez? Allez le chercher!

— Allez-y vous-même, rétorqua le jeune homme.

Jay-jay plongea sous les jets d'eau, sortit de l'autre côté du bassin et s'enfuit, laissant ses empreintes humides sur le sol de marbre. En un clin d'œil, il atteignit l'une des sorties et se retrouva dehors, sain et sauf. Les pièces tintaient joyeusement dans sa poche.

Les deux dollars cinquante qu'il avait récoltés lui permirent de manger une soupe de légumes et un plat de spaghetti aux boulettes à la cafétéria du zoo. Il aurait préféré dîner au restaurant du musée, mais vu les circonstances...

Après avoir fait une dernière fois le tour des cages et dit au revoir aux animaux, Jay-jay reprit le chemin du chêne. « Et du court de tennis », murmura-t-il en essayant de faire cesser son hoquet. Qu'avait décidé le destin?

Les nuages qui filaient dans le ciel étaient ourlés d'or. Les derniers reflets du soleil couchant dispensaient une étrange brume bleuâtre sur le parc. Les lampes s'allumèrent.

Les courts de tennis étaient déserts. Pas le moindre gardien. Les planches se trouvaient toujours au même endroit. Mais impossible de mettre la main sur un outil.

Jay-jay eut soudain un pressentiment sinistre. A présent que le destin avait choisi, il n'était plus très sûr de lui.

Il prit autant de planches qu'il pouvait en porter, c'est-à-dire deux à la fois, et fit quatre autres voyages jusqu'au chêne. Au cinquième, il emporta la bâche et cacha le tout dans un trou, non loin de son arbre.

Jay-jay savait que l'expédition de la Colline du Cèdre serait difficile, beaucoup plus difficile que celle de l'école. Après tout, pour la première, il connaissait le terrain par cœur. Il avait bizarrement l'impression d'être mis à l'épreuve. C'était une chose de *dire* qu'on voulait changer de vie...

— Et une autre d'y arriver, conclut le gamin tristement.

Jay-jay monta dans le chêne, pour se reposer et se

préparer à ce qui l'attendait. Il examina le plan jusqu'à ce qu'il fasse trop noir pour distinguer les traits. Est-ce que j'y vois mieux ou moins bien depuis que j'ai cassé mes lunettes? se demanda-t-il en se frottant les yeux.

Il passa sa corde de sûreté autour du chêne.

— Si je réussis cette nuit, je n'aurai plus jamais besoin de m'attacher.

Jay-jay essaya de dormir, mais à chaque fois qu'il se laissait aller au sommeil il avait l'impression que deux yeux jaunes impitoyables le traquaient. Et l'image du banc lacéré, mutilé, ne pouvait s'effacer de son esprit.

3

Jay-jay se réveilla en grognant. La corde lui cisaillait la poitrine. L'éclat de la lune filtrait à travers les feuilles, teintant d'argent tout ce qu'il touchait.

« Quelle heure est-il? » se demanda le gamin, l'esprit encore enrobé de sommeil.

Le hurlement d'un animal lui indiqua qu'il était l'heure du loup. « Entre 3 et 4 heures du matin », se dit-il, se souvenant des illustrés d'épouvante qu'il avait lus. L'instant lugubre où l'éventreur s'apprête à bondir sur sa victime.

— Remets ça à demain, suggéra Jay-jay.

— Si tu ne le fais pas ce soir, tu n'auras plus jamais le courage d'y aller, se répondit-il.

Il se débarrassa de la corde, jeta son sac de toile sur ses épaules et descendit à terre. En bas, les rayons de lune ne parvenaient pas à percer l'épais feuillage. Il faisait sombre et Jay-jay eut du mal à s'habituer à l'obscurité.

« Évite les allées, évite les allées », répétait-il à chaque battement affolé de son cœur. Les voitures de police y patrouillaient. S'il se faisait repérer, il pouvait dire adieu au parc.

— Ils ne me trouveront pas, murmura-t-il.

Un ruban de lumière coupait le parc à hauteur de la 97e Rue Transversale. De ce côté-ci de la route, il n'y avait qu'un seul passage pour piétons. Jay-jay attendit que toutes les voitures se soient éloignées et traversa le pont à toute vitesse.

« Mauvais coin, pensa-t-il. Le lieu rêvé pour se faire prendre. »

Le Réservoir présentait encore plus de dangers. Pendant cinq cents mètres environ, Jay-jay longerait la voie Ouest, que les flics empruntaient régulièrement pour faire leur ronde. Il n'y avait pas d'autre chemin.

La lune sortit de derrière les nuages et éclaira la surface de l'eau. Des mouettes et des canards y étaient posés, mais cette fois-ci, Jay-jay ne leur lança pas de pierres. Il venait juste d'atteindre le sommet du Réservoir, lorsqu'un véhicule de police apparut. Quittant la route, il se dirigea vers lui. Le garçon bondit dans les taillis. Il entendit les pneus crisser sur le gravier, puis le silence.

Une voix rude :

— Tu as trop d'imagination. Ce n'était probablement qu'un reflet.

— Je te dis que j'ai vu quelque chose, répondit l'autre flic.

« Ils sont deux, pensa Jay-jay, comme dans les feuilletons. » Une portière s'ouvrit. Le rayon d'une torche électrique balaya les fourrés. Jay-jay retenait son souffle, persuadé que les battements de son cœur pouvaient s'entendre à un kilomètre.

Le grésillement de la radio de bord brisa le silence. L'autre flic appela son partenaire.

— Tirons-nous. Il paraît que des hippies sont en train de faire du streaking du côté du Pré des Moutons.

Les pas s'éloignèrent. Le gamin regarda les deux phares blancs disparaître, faisant place à deux lumières rouges tandis que la voiture s'enfonçait dans l'obscurité. Il attendit quelques minutes, s'assura que tout était calme et quitta son abri.

Il atteignit bientôt la Grande Pelouse et prit le risque de la traverser.

— Personne ne pourra te repérer dans tout cet espace, se dit-il pour se donner du courage. Et il n'y a pas de route. Donc pas de voiture de police.

L'aube n'était plus très loin. Dans une demi-heure il ferait jour; il fallait absolument que tout soit terminé dans ce laps de temps! A sa gauche, Jay-jay sentit l'imposante présence du Metropolitan Museum. Au sud se dressait le Château du Belvédère. Les tours sous la lueur blafarde de la lune paraissaient sinistres et menaçantes. Leur reflet dans l'eau du lac se brouilla puis disparut effacé par un souffle de vent magique.

— Heureusement que je n'ai rien à faire là-bas ce soir, murmura Jay-jay en frémissant.

Lorsqu'il traversa le pont de la 79e Rue Transversale, il reçut le choc de sa vie.

Le chantier de la Colline du Cèdre était aussi illuminé qu'un stade un soir de championnat!

— Pourquoi est-ce que je n'ai pas pensé aux projecteurs? (Il cracha par terre et se frappa la cuisse.) Parce que je suis imbécile. Mon pauvre Jay-jay, tu n'as vraiment pas de chance.

Il courba les épaules. Au moment où il allait faire demi-tour, il songea au jour où en haut du chêne, il s'était juré d'être son propre porte-bonheur. Aussitôt, il se redressa et prit une profonde inspiration :

— Tu ne vas quand même pas te laisser effrayer par

110

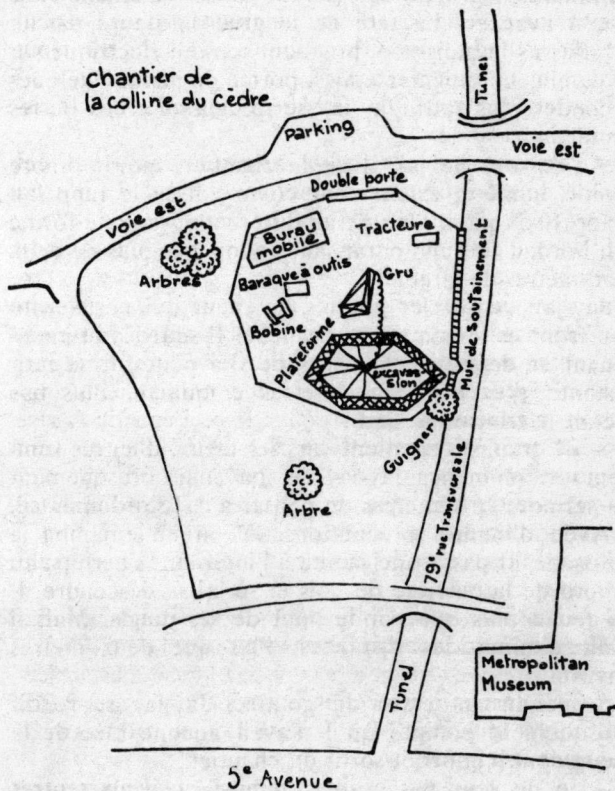

chantier de
la colline du cèdre

Parking

Voie est

Double porte

Voie est

Tracteure

Bureau
mobile

Arbres

Baraque à outils

Gru

Bobine

Plateforme

Excavation

Mur de Soutainement

Guigner

79e rue Transversale

Arbre

Tunel

Tunel

Metropolitan
Museum

5e Avenue

quelques malheureux projecteurs. En fait ils vont t'aider. Au moins tu verras ce que tu fais.

Restant sous le couvert des taillis, Jay-jay se dirigea vers la partie du chantier qui jouxtait la 79e Rue. Prudemment, il grimpa sur le mur de soutènement et se mit à avancer. La tête de la grue-dinosaure passait par-dessus la palissade, braquant son œil électrique sur le gamin. Le guignier était à portée de main. Quelques secondes plus tard, Jay-jay se réfugia au creux de ses branches.

Au-dessous de lui, il vit le chantier, moitié ombre moitié lumière, exactement comme il se le rappelait d'après son plan. Une petite différence : la plate-forme qui bordait le puits paraissait n'avoir pas plus de deux centimètres de large.

Jay-jay essuya les gouttes de sueur qui perlaient à son front et rampa sur la branche. Il se trouvait maintenant au-dessus de la palissade. La plate-forme était distante d'environ trois mètres cinquante. Plus bas c'était le trou sans fond.

— « Certains s'envolent vers les cieux, d'autres tombent »... commença Jay-jay, se souvenant brusquement du sermon. Je t'interdis de penser à ça ! s'ordonna-t-il.

Avec d'infinies précautions, le garçon enjamba la palissade. Il passa une jambe à l'intérieur, s'agrippa au rebord de la barrière de bois et se laissa descendre. Il ne tenait plus que par le bout de ses doigts. Mais il avait diminué les distances. Plus que deux mètres environ.

Suspendu au-dessus du gouffre, Jay-jay se rendit brusquement compte qu'il n'avait aucune idée de la façon dont il pourrait sortir du chantier !

— Je ne veux pas y aller, gémit-il. Je veux rentrer chez moi.

Il n'avait malheureusement pas la force de se soulever pour remonter. Il prit une profonde inspiration — la dernière peut-être — et lâcha tout.

Une douleur fulgurante lui traversa les jambes lorsqu'il toucha au but. La plate-forme trembla sous l'impact, mais elle tint bon.

Jay-jay s'aplatit contre les planches. Rien ne bougeait sur le chantier.

— Tu vois? Je t'avais bien dit que tu te porterais chance!... Parlons-en, de la chance! Je suis enfermé ici pour toujours.

Il rampa le long du puits jusqu'à la terre ferme. Il bondit vers la benne jaune, passa en dessous, ressortit de l'autre côté. Il attendit, se rua sur la grue rouge et se cacha. Tout ce qu'il voulait, c'était sortir de là! Il avait tellement peur qu'il était sur le point de faire pipi dans son pantalon. Lorsque la lune disparut derrière un nuage, Jay-jay courut à découvert jusqu'au bureau mobile de la compagnie A-Z.

Il jeta un coup d'œil par la fenêtre éclairée. Le gardien était allongé sur un divan. Il somnolait. A en juger par ses cheveux blancs, il ne devait plus être très jeune. « Un point pour moi. » A sa ceinture, un pistolet!

Jay-jay chercha furieusement autour de lui. Comment s'échapper de cette prison? Il trouva. La porte principale était fermée de l'intérieur par une simple barre de métal. Il lui suffisait de la soulever et de se glisser au-dehors. En quelques secondes, il serait hors d'atteinte.

Rassuré, Jay-jay décida de mener à bien le plan initial. Il s'éloigna de la remorque et se dirigea vers la remise à outils. Pas de serrure, mais la porte grinçait terriblement. A l'intérieur, l'obscurité totale. C'est alors que la lune décida de donner un coup de main au garçon. Sortant de derrière son nuage, elle traversa les vitres de la baraque, projetant une fenêtre argentée sur le sol.

Tous les outils dont il avait besoin étaient là, soigneusement accrochés. Jay-jay ne perdit pas de temps.

Il prit un marteau, une scie, un tournevis, des clous et des vis. Apercevant sur l'établi un gros rouleau de corde, il s'en empara et fourra le tout dans son sac.

Le bruit d'une porte claquant figea le gamin sur place. Par la fenêtre, il vit le gardien sortir de la remorque et commencer sa ronde. Trop tard pour quitter la remise, l'homme se dirigeait droit vers elle. Jay-jay chercha désespérément une cachette. Il se jeta derrière un bac rempli de sciure de bois.

Le gardien approcha de la baraque. Vit la porte ouverte. Se gratta la tête.

« Bizarre », se dit-il. Il se souvenait parfaitement de l'avoir fermée. Il entra et alluma la lumière. Rien d'anormal.

Il haussa les épaules et sortit. Puis il marcha jusqu'au portail et vérifia qu'il était bien fermé. Il s'appuya alors contre la barre de fer et alluma une cigarette.

Jay-jay passa la tête au-dessus du bac et jeta un coup d'œil dehors. Malédiction ! Le gardien semblait s'être installé pour la nuit près de la porte.

« Et c'est la seule issue, pensa Jay-jay, au bord de la panique. Je ne pourrai jamais grimper de l'autre côté de la palissade avec ce sac. Il pèse une tonne. Non, c'est le portail, ou rien. »

Heureusement pour Jay-jay, la porte de la remise n'était pas dans le champ de vision du gardien. Il se glissa hors de la cabane. Pour le moment, tout allait bien. Il attendit quelques minutes, *ordonnant* à l'homme de s'éloigner de l'entrée.

— Juste pour une seconde, finit-il par supplier. Une seconde, ça me suffira !

Mais le gardien ne bougea pas. Le jour allait se lever et Jay-jay savait que les prières ne suffiraient plus à lui faire retrouver sa liberté. Il fallait prendre des mesures énergiques.

La remise à outils se trouvait sur la pente de la colline. A quelques mètres de l'endroit où Jay-jay se cachait, la gigantesque bobine de bois, vide, se profilait. Deux cales l'empêchaient de rouler. Jay-jay les enleva. Il appuya son épaule contre la bobine et poussa. Trop lourd.

S'allongeant sur le dos, le gamin posa ses pieds contre les deux roues et usa de toute sa force. Lentement, très lentement, la bobine se mit à rouler, prenant de la vitesse au fur et à mesure qu'elle descendait la pente.

Le gardien l'aperçut lorsqu'elle passa près de la grue. Il se mit à courir dans sa direction. La bobine renversa une poubelle, fonçant droit vers la plate-forme qui entourait l'excavation.

Elle roula jusqu'au bord, puis disparut. Quelques secondes plus tard, on entendit le terrible fracas du bois qui éclatait contre les rochers, tout en bas.

Le gardien se pencha au-dessus du trou, contempla le désastre.

Jay-jay profita de cet instant pour se ruer sur le portail.

Le gardien se tourna juste au moment où le gamin atteignit son but. L'homme ne pouvait en croire ses yeux. Un nain était en train de voler le matériel. Il ouvrit fébrilement son holster et sortit son arme.

Jay-jay poussait de toutes ses forces sur la barre de fer. Mais il était trop petit pour avoir une prise suffisante. Le gardien remontait en soufflant comme un asthmatique.

— Arrêtez ou je tire !

Jay-jay mouilla son pantalon. Dans un dernier effort désespéré, il poussa la barre. La porte s'ouvrit et le garçon disparut dans un bosquet de sapins au moment même où la première balle passait au-dessus de lui.

Jay-jay traversa le bouquet d'arbres en trébuchant. Le sac chargé à bloc pesait lourd. Les outils bringue-balaient. Le gamin courait sans s'arrêter. N'osant pas passer par la Grande Prairie, il traversa le pont au-dessus de la 79ᵉ Rue Transversale et obliqua à gauche, vers la forêt épaisse qui conduisait au Château du Belvédère.

Courir, il ne pensait à rien d'autre, ne faisait même pas attention à la douleur qui brûlait ses poumons. Il dépassa le lac du Belvédère et finit par s'écrouler, épuisé, dans le square Shakespeare.

Il demeura allongé dans les taillis, haletant, ne souhaitant qu'une chose : pouvoir rester là et dormir. Mais dans moins d'un quart d'heure, le jour se lèverait.

Le hurlement d'une sirène le força à agir. Il se releva et se remit à courir, suivant l'allée cavalière vers le nord.

Jay-jay ne sut jamais très bien combien de temps il lui fallut pour retourner au chêne. Il s'arrêta six ou sept fois pour se cacher à l'approche d'un véhicule de police. Lorsqu'il arriva au réservoir, il abandonna toute prudence et fonça droit devant lui. Toutes les unités avaient dû être appelées au chantier et il put passer sans être arrêté.

Il atteignit enfin son arbre, et appuya son visage contre l'écorce rugueuse.

— Je n'ai jamais été aussi heureux d'arriver quelque part, souffla-t-il, aspirant l'air à grosses goulées.

Il cacha ses outils avec les planches et, tremblant de tous ses membres, grimpa dans son chêne.

Il essaya de dormir, mais il était bien trop excité pour y parvenir. Son estomac criait famine. Était-il condamné à vivre perpétuellement affamé ?

« Je suis bien arrivé à trouver du bois et des outils, pourquoi pas de la nourriture ? » se dit-il. C'était affreux de fouiller les poubelles.

— Et tu n'auras même plus ça quand il commencera à faire vraiment froid. Trouve une solution, mon vieux, s'exhorta-t-il en massant son ventre douloureux.

La fatigue finit par avoir le dessus. Jay-jay se pelotonna au creux des branches. Malgré ses soucis alimentaires, il était tellement heureux de la façon dont s'était terminée son aventure qu'il ne put comprendre pourquoi il sanglota jusqu'à ce qu'il s'endorme.

4

De son lit blanc, au onzième étage du Flower Fifth Hospital, Mme Miller regardait, de l'autre côté de l'avenue, les jardins du Conservatoire et, au-delà, les collines et les prés de Central Park.

« A-t-il faim ? » se demandait-elle.

Mme Miller avait prévenu les autorités de l'existence de son Prince, qui vivait dans le parc. Elle sentait qu'il était de son devoir de l'aider, de le protéger. Les policiers et les médecins l'avaient écoutée en hochant la tête, mais ils s'étaient moqués d'elle dès qu'elle avait eu le dos tourné. Tant pis. Elle allait rentrer chez elle dans quelques jours, c'est ce que lui avait assuré un interne, et elle prendrait soin de lui elle-même. Elle tricota un autre rang de l'écharpe. Son écharpe.

Son départ de l'hôpital signifiait aussi qu'il lui faudrait témoigner contre ce voyou. Cette pensée la terrifiait, mais que pouvait-elle faire d'autre ?

— On ne peut tout de même pas les laisser en liberté, expliqua-t-elle à l'infirmière qui venait d'entrer pour prendre sa température.

Mme Miller avait raconté sa mésaventure à la totalité du personnel hospitalier le jour de son entrée.

L'infirmière hocha la tête tout en prenant le pouls de la patiente.

« Un cas étrange », songea-t-elle. Cette femme n'avait pas l'air sénile et ses fonctions vitales étaient normales. Ses divagations étaient peut-être dues au coup qu'elle avait reçu sur la tête. « Un prince, pensa l'infirmière en passant au malade suivant, n'importe quoi ! On n'en rencontrait déjà pas beaucoup dans les rues, alors dans Central Park... »

La vapeur sifflait dans les tuyaux des radiateurs. « A-t-il froid ? » se demanda Mme Miller. Elle espérait que cet été indien allait durer encore quelque temps, du moins jusqu'à ce qu'elle soit remise. Elle pourrait alors le chercher, lui apporter de la nourriture, des vêtements chauds. Et peut-être... peut-être... accepterait-il d'écouter sa proposition.

Rêver du château se révéla beaucoup plus facile que le construire.

— Première chose à faire, dit Jay-jay, monter tout le matériel dans l'arbre.

Tâche digne d'Hercule qui faillit coûter la vie au Prince.

Les feuilles sèches craquaient sous ses pieds tandis qu'il se dirigeait vers sa cachette. Il en sortit rapidement tout ce qu'il avait récupéré, car, à tout moment, il risquait d'être découvert par un promeneur. Il craignait surtout les originaux qui venaient observer les oiseaux. Ceux-là avaient l'œil inquisiteur.

Lorsqu'il eut tout transporté au pied du chêne, Jay-jay déplia la bâche et y rangea soigneusement planches et outils. Des trous couronnés d'œillets métalliques étaient disposés régulièrement le long des bords de la toile. Le gamin y passa une corde et noua les deux extrémités de la bâche de façon à former une sorte de gros baluchon.

Il coupa ensuite un morceau de corde assez long, en attacha une extrémité autour du paquet et l'autre autour de sa poitrine après avoir fait un nœud coulant. Il laissa pendre un mètre de corde, au cas où il aurait besoin de s'attacher pour se reposer en grimpant à l'arbre.

Il était presque midi. Jay-jay transpirait et son estomac gargouillait désespérément. Mais il savait que s'il s'arrêtait pour prendre des forces, il ne finirait jamais sa tâche. La nuit dernière, il avait fait très froid.

— Et ce sera encore pire cette nuit, dit-il. S'il ne neige pas! (Il tapota son estomac :) Un peu de patience, d'accord? (Traînant la corde derrière lui, Jay-jay commença son ascension. Atteindre la première branche lui avait toujours posé des problèmes.)

— Tu devrais bien trouver un moyen pour monter et descendre plus facilement non? Alors, où est-il? souffla Jay-jay. Ton cerveau va se ratatiner si tu ne t'en sers pas plus souvent!

A bout de souffle, le gamin parvint enfin à la croisée des branches, où il avait décidé de construire son château.

Plusieurs raisons avaient déterminé son choix. Tout d'abord, l'endroit était assez élevé pour ne pas être vu d'en bas. Ensuite, les branches qui partaient du tronc formeraient de parfaits points d'attache pour fixer le plancher. Enfin, il y avait à cette hauteur une sorte de lucarne dans le feuillage qui donnait directement sur le ciel. Dans un coin secret de son cœur, Jay-jay abritait un rêve : un jour peut-être, il pourrait voler.

Prenant appui contre la branche, le garçon saisit la corde et tira pour amener la bâche et son contenu. Il ne lui fallut pas longtemps pour comprendre qu'il n'y arriverait jamais. Le matériel était si lourd qu'à chaque fois qu'il essayait de le hisser, il manquait perdre l'équilibre.

Il refusa de se laisser aller au désespoir. Fouillant son esprit, il repensa à tous les livres, à toutes les émissions de télé, à tous les cours de science qui pouvaient avoir un rapport avec la physique.

— Si seulement j'avais écouté! se fustigea-t-il.

Un germe d'idée naquit soudain dans sa tête, puis s'épanouit. Jay-jay tremblait d'excitation.

— C'est compliqué, dit-il en regardant le sol.

C'était d'autant plus tentant. Le cœur battant il grimpa sur une branche haute par-dessus laquelle il fit passer la corde. Il appuya ensuite de toutes ses forces sur la branche pour être sûr qu'elle supporterait son poids.

— Voyons voir, je pèse trente-cinq kilos. Du moins c'était mon poids quand je suis arrivé ici. La bâche et le matériel doivent faire environ vingt kilos. (Il se livra à de nombreuses vérifications et contre-vérifications.) Il vaut mieux pour toi que tes calculs soient justes, sinon tu n'auras plus jamais l'occasion d'en faire.

Les lèvres tremblantes, Jay-jay commença le compte à rebours. « Dix, neuf, huit, sept, six, cinq, quatre, trois, deux, un... » et il sauta dans le vide.

La sensation de chute provoqua en lui une exaltation profonde. Il n'avait jamais été aussi près de voler !

— Attention au décollage ! cria-t-il.

Il tomba de deux mètres. Puis la branche bloqua son élan. Il resta suspendu au bout de la corde. Son harnais s'enfonçait dans la chair de ses aisselles. Il se mordit les lèvres pour ne pas hurler de douleur. La corde était poissée, aussi ne frottait-elle pratiquement pas contre la branche. Jay-jay se balança quelques instants, puis les lois physiques dont avait parlé son professeur entrèrent en action. La gravité fit le reste, et Jay-jay continua à descendre lentement.

La bâche montait. Le gamin la regardait s'approcher. Quand elle passa à sa hauteur, il tendit le bras pour la toucher et ne put s'empêcher de pousser un cri de joie.

« L'atterrissage va être parfait », se dit Jay-jay. Le baluchon s'arrêterait à une trentaine de centimètres de l'endroit où il avait l'intention de construire son abri.

— Quelle précision ! qui dit mieux ! exulta-t-il.

Et brusquement, la catastrophe. La bâche se coinça

dans un entrelacs de branches et Jay-jay s'immobilisa dans le vide. Il tendit les bras mais le chargement était hors d'atteinte. Tirant sur la corde, Jay-jay tenta de déloger le matériel, mais ne réussit qu'à le caler plus sûrement.

« Dans cent ans, pensa le gamin, quelqu'un trouvera un squelette pendu à un arbre et se demandera ce qui a bien pu se passer ! » Jay-jay aurait ri de sa plaisanterie si sa situation n'avait été aussi critique. La panique montait en lui.

Il n'y avait plus qu'une solution. A sa droite s'étendait une branche, elle aussi hors de portée. Se servant de son corps comme d'un pendule, Jay-jay se mit à osciller, amplifiant le mouvement jusqu'à ce que ses pieds touchent le bois. Encore un coup, et il pourrait passer ses chevilles. Enfin dans un dernier effort, Jay-jay parvint à nouer ses jambes autour de la branche.

— Ouf ! Pour le moment, tout va bien, grogna-t-il.

Ensuite, il attacha l'extrémité libre de la corde à la branche, parvint à se glisser hors du harnais et se redressa. La bâche resta coincée.

Libéré de son fardeau, Jay-jay se sentit léger comme l'air. Mais son soulagement et sa satisfaction lui firent oublier toute prudence. Lorsqu'il commença à décharger le matériel, il glissa et tomba de son perchoir.

Dans un geste désespéré, il tendit les mains et agrippa un bouquet de brindilles, ralentissant suffisamment sa chute pour pouvoir se rattraper à une branche basse. Jay-jay se colla contre le bois tandis que le sol, au-dessous de lui, tournoyait follement.

— De justesse ! murmura le gamin.

Mais cet accident lui avait servi de leçon. Il y avait un temps pour tout. Celui du repos était arrivé. Secouant la tête, il déclara :

— Mieux vaut remettre à demain ce qui risque de te tuer aujourd'hui.

Le lendemain, Jay-jay se réveilla furieux contre lui-même.

— Si tu avais mangé à ta faim avant de te mettre au travail, tu ne serais pas tombé, dit-il — et il quitta son arbre, décidé à trouver une nouvelle source d'approvisionnement.

Il se dirigea droit vers le sud, vers les poubelles de la Taverne Verte. Il trompa sa faim en rongeant un os de jambon. La rage grondait en lui. Il en avait assez d'être perpétuellement affamé. Alors que les gens assis derrière les vitres de la Taverne passaient leur temps à se goinfrer.

Deux femmes sortirent du restaurant et leurs voix parvinrent jusqu'à Jay-jay. L'une d'entre elles dit :

— Je n'ai pas été très raisonnable aujourd'hui, Sylvie, mais demain, c'est décidé, je commence mon régime.

— Ce qui est merveilleux dans la vie, Ceil, répondit l'autre femme, c'est qu'il y a toujours un « demain ».

Jay-jay les regarda monter dans un taxi et s'éloigner.

« Est-ce qu'un jour je pourrai moi aussi manger dans un endroit aussi élégant que celui-là? Je finirai bien par trouver le moyen d'y arriver. Et alors le monde n'aura qu'à bien se tenir ! »

Sur le chemin du retour, Jay-jay s'arrêta devant le fantastique Terrain de Jeu de l'Aventure, à hauteur de la 67ᵉ Rue. Un panneau tentant lui conseillait :

AMUSEZ-VOUS A

Courir. Sauter. Glisser. Bondir. ~~Salir.~~
~~Patiner.~~ Rire. Glousser. Trottiner.
Tourner. Virer. Barboter. Gambader.
Sautiller. Grimper. ~~Pédaler.~~ Flâner.
Lire. Paresser. ~~Boire.~~ Jouer. ~~Dormir.~~

« Pourquoi pas? » se dit Jay-jay. Grimpant, sautillant et glissant il escalada les marches de la pyramide d'un temple aztèque. Arrivé au sommet, là où avaient lieu les sacrifices, il ouvrit son cœur au soleil et redescendit sur le derrière jusqu'au tas de sable.

A cet instant, un groupe d'enfants portant l'uniforme bleu et blanc d'une école privée pénétra sur le terrain. Deux par deux ils se dirigèrent vers l'amphithéâtre de béton et s'assirent sur les bancs.

— Comme des robots, grommela Jay-jay. Et pas un seul goûter en vue.

Une femme grande et mince, leur professeur, tapa dans ses mains pour attirer leur attention. Elle ouvrit un livre d'histoires et commença la lecture hebdomadaire.

Jay-jay sortit du bac à sable et s'approcha du groupe.

Le professeur disait :

— Alors, Robinson Crusoé découvrit des empreintes sur le sable. La terreur l'envahit. Y avait-il sur cette île des sauvages qui cherchaient à le tuer?

— Pour le manger, probablement, marmonna Jay-jay.

La femme s'arrêta de lire et regarda Jay-jay d'un air interrogateur, l'invitant à se joindre aux autres. Jay-jay adorait savoir comment se terminaient les bonnes histoires, mais pour le moment, il se devait de repousser ces plaisirs enfantins. Il venait juste de repérer un portique formé de poteaux grossièrement taillés

123

et de barres de fer. Une corde à nœuds y était accrochée.

Jay-jay bondit sur ses pieds :

— Pourquoi n'y ai-je pas pensé plus tôt? C'est exactement ce qu'il me faut pour monter et descendre du chêne. Et il me reste plein de corde !

» C'est peut-être ça la vie, raisonna Jay-jay. Même quand on se creuse la cervelle sans trouver, si on garde les yeux et les oreilles ouverts, tôt ou tard, la solution apparaît d'elle-même. Sauf si on meurt de faim avant. »

« Je me demande si on voit les choses de la même façon quand on n'a pas faim? » se dit Jay-jay, fouillant consciencieusement les poubelles. Il trouva une carcasse de poulet et un gros bout de pain rassis. Cela lui permettrait de tenir jusqu'à ce que la construction de son abri soit terminée.

— Un jour, c'est moi qui jetterai des trucs dans les poubelles, décréta Jay-jay.

Il aperçut le dôme du Planétarium, pointant au-dessus des arbres, à hauteur de la 80e Rue. Cette fois-ci, il arriva à temps pour la séance de l'après-midi.

Jay-jay s'assit avec la foule dans le grand auditorium. Les lumières s'éteignirent lentement et les étoiles se mirent à scintiller à l'intérieur du dôme. Le garçon écouta attentivement les explications du commentateur qui parlait des planètes, des étoiles mortes, de la possibilité de vie sur d'autres mondes. Ensuite vint le décollage simulé, la mise en orbite autour de la lune et, trop vite, le retour sur terre.

Après le spectacle, Jay-jay reprit le chemin du chêne. Dans un taillis, il découvrit un véritable trésor, abandonné par un hippie à en juger par les broderies et les raccommodages qui le parsemaient.

— Un sac de couchage! murmura Jay-jay, en le serrant contre sa poitrine.

Il jeta un coup d'œil furtif autour de lui, craignant de voir apparaître le propriétaire, revenu pour réclamer son bien.

Une rapide inspection lui permit de constater que la partie inférieure du sac était déchirée. Mais cela pouvait être réparé.

— Surtout si j'arrive à mettre la main sur une aiguille et du fil. Peut-être que Mme Miller...?

Jay-jay se tut, déprimé. Cela faisait longtemps qu'il ne l'avait pas vue. Allait-elle bien? Elmo l'avait-il gravement blessée? Elmo. Même en sachant qu'il était derrière les barreaux, Jay-jay ne pouvait pas l'oublier.

Le lendemain de très bonne heure, le gamin se mit au travail. Il n'eut aucun mal à fabriquer l'échelle, en nouant une longueur de corde, dont il attacha l'une des extrémités à la première branche basse.

Mais comment la cacher? C'était un autre problème. Impossible de la laisser là, sinon tout le monde pourrait entrer chez lui comme dans un moulin. Jay-jay réfléchit longuement, assis à califourchon sur la branche, les jambes pendant dans le vide. Et il finit par trouver la solution.

— Il suffit de doubler la corde! s'écria-t-il, tout excité. Et de la passer par-dessus la branche.

Les deux bouts de la corde pendaient maintenant jusqu'au sol. Jay-jay enroula ses jambes autour de l'échelle improvisée, non sans être assuré d'en tenir les deux parties, et descendit tranquillement.

— Quand je pense que je n'arrivais jamais à grimper en cours de gym!

Dès que ses pieds touchèrent terre, Jay-jay tira sur l'une des extrémités et toute l'échelle vint à lui.

— Et voilà! Quand j'aurai besoin de quitter l'arbre,

je cacherai la corde, dit le garçon. Pour remonter, il me suffira de la déterrer.

En cet instant Jay-jay se sentait probablement plus fier de lui que le type qui avait imaginé le pont de Brooklyn.

Un gémissement sortit d'un buisson proche, arrachant le gamin à sa joie. Tous les sens en alerte il rampa sous les taillis. Flûte! Encore ce chien. Jay-jay ramassa un bâton, prêt à frapper l'animal. Ce dernier se tapit dans un coin et regarda son agresseur de ses grands yeux humides et tristes. Jay-jay comprit alors que le chiot était très malade.

— La maladie des jeunes chiens, probablement; c'est ce que le Ranger avait diagnostiqué pour *Lassie,* se rappela le garçon. (Il s'adressa au petit bâtard.) Bon, nous avons deux solutions. Soit je t'emporte à l'autre bout du parc et je te laisse t'envoler doucement vers le paradis des chiens, soit... Oh, et puis zut!

Il prit l'animal dans ses bras et le glissa sous sa chemise. Le chiot était brûlant.

— Heureusement que j'ai inventé cette échelle, sinon je n'aurais jamais pu te monter là-haut.

Il enroula l'une des extrémités de la corde, la lança par-dessus la branche, et commença son ascension. Arrivé en haut, il tira de nouveau la corde à lui. Il continua à grimper jusqu'à la croisée des branches et rangea son escalier mobile dans la bâche qui était toujours coincée. Ensuite, il en sortit deux planches et les posa en travers.

— Comme ça, on pourra s'allonger. Ç'aurait été plus facile si tu étais arrivé après la construction du château, mais on ne choisit pas.

Il sortit le chiot de sa chemise et le posa sur les planches.

— Comment vais-je t'appeler? demanda Jay-jay. Tu es un drôle de chien. Noir, blanc, marron, beige. Que dirais-tu de... Arc-en-ciel? Non, avec un nom pareil tu n'aurais jamais le droit d'être triste. Simon et Garfunkel? Non? Voyons voir, tu bouges tout le temps si je t'appelais... Demain? Ou plutôt Vendredi? Non, c'est pas très original, tu mérites un nom un peu plus chouette. J'ai trouvé. Tu te rappelles comme tu me suivais? Je te baptise Ombre!

Jay-jay ouvrit le sac de couchage. Le chiot remua faiblement la queue quand le gamin le déposa dans le duvet.

— A partir de maintenant, tu es Ombre, déclara Jay-jay, caressant son nouveau compagnon.

Toute la journée, Jay-jay soigna le petit bâtard de son mieux. Il lui apporta de l'eau et de la nourriture. A la tombée de la nuit, l'animal paraissait au plus mal. Les heures passèrent. Le ciel s'ornait de motifs gris et bleu sombre.

Jay-jay jeta un coup d'œil par sa lucarne.

— Tu sais, Ombre, si tu te dis que les nuages sont immobiles, tu as l'impression que c'est nous qui bougeons.

Vers 1 heure du matin, les nuages s'amoncelèrent. L'orage était proche.

— Il ne nous manquait plus que ça, grogna Jay-jay, se glissant lui aussi dans le sac de couchage. Ne bouge pas, conseillla-t-il au chien. Les planches ne sont pas encore fixées.

Tout dans l'air annonçait la pluie. L'électricité statique, les éclairs, le grondement lointain qui se faisait plus net au fur et à mesure que l'orage s'approchait de la ville.

— Tu penses qu'on serait plus en sécurité en bas? demanda Jay-jay. Peut-être, mais ce serait un peu comme si on abandonnait un vieil ami.

L'orage éclata vers 3 heures. Un éclair tira le garçon de son demi-sommeil. Il regarda le ciel tonner.

— Dis donc, tu ne fais pas les choses à moitié, toi! murmura-t-il.

La pluie se mit à tomber, tambourinant sur les feuilles, cinglant les branches. Pendant quelques minutes, Jay-jay éprouva un sentiment de délicieuse terreur.

— Rien à craindre, fit-il, serrant Ombre contre lui, tandis que les gouttes glacées frappaient l'arbre, se frayant un chemin jusqu'au sac de couchage. Ici on est à l'abri.

Ombre gémit faiblement. Jay-jay ouvrit sa chemise et pressa le chiot contre son corps pour lui tenir chaud... Il avait l'impression de transmettre sa force et son énergie au petit animal.

Bientôt la pluie tomba sur le duvet. Jay-jay passa sa tête par l'ouverture. Sous l'assaut des gouttes d'eau, les branches de l'arbre étaient devenues plus sombres. Les éclairs illuminaient le ciel de bleu et de blanc.

Soudain, il y eut un fracas terrible. Un éclair frappa l'orme voisin et le fendit en deux. Jay-jay appuya ses mains sur ses oreilles pour ne pas entendre le bruit terrifiant. Il caressa Ombre, lui assurant que tout allait bien se passer, qu'il n'y avait aucune raison d'avoir peur.

Tandis que l'orage s'intensifiait, Jay-jay eut conscience d'éprouver quelque chose de tout à fait nouveau, qui lui donnait l'impression d'être plus puissant qu'un géant. Plus il donnait de chaleur et d'énergie au petit chien, plus lui, Jay-jay, se sentait devenir fort et brûlant.

Heure après heure, Jay-jay s'accrocha à son arbre, tour à tour insultant l'orage et priant les cieux. A l'aube, la tempête se calma brusquement. Mais une autre catastrophe lui succéda.

Ombre, pris de convulsions, se débattait furieusement. Ses pattes semblaient bouger indépendamment de son corps. Aussi soudainement qu'il s'était mis à remuer, il s'immobilisa. Jay-jay crut qu'il était mort. De grosses larmes coulèrent sur ses joues tandis qu'il caressait l'animal.

— J'aurais pu être plus gentil avec toi. J'aurais dû! Maintenant, c'est trop tard!

Mais non! Le poitrail d'Ombre se soulevait régulièrement. Jay-jay colla son visage contre le museau du chien. Et sa truffe n'était plus chaude!

Ombre agita doucement la queue. Jay-jay parvint enfin à s'endormir, un sourire épuisé aux lèvres.

Lorsqu'il se réveilla, le garçon dénombra les dégâts. Il s'était dit que la ville allait être noyée sous le déluge. Mais les immeubles étaient toujours là, aussi durs et sombres qu'auparavant.

Le véritable miracle, c'était l'arbre. Quelques branches minces étaient tombées à terre, certes, mais tout le reste était intact... les feuilles semblaient avoir été cirées. L'arbre sentait le printemps, comme s'il avait tiré de l'orage une nouvelle énergie.

Jay-jay posa une main sur le tronc, l'autre sur Ombre et murmura :

— On a réussi, tous les trois.

6

L'orage prouva à Jay-jay que la construction d'un abri était une chose impérative. S'il avait neigé au lieu de pleuvoir?

— Prêt pour la mise en orbite de la station spatiale, dit-il à Ombre en le déposant dans un hamac confectionné à l'aide du sac de couchage.

Vers midi, les planches étaient en place. Jay-jay entoura d'un chiffon la tête du marteau pour faire moins de bruit et se prépara à clouer les planches aux branches. Mais il manqua son coup et se tapa sur le pouce.

Suçant son doigt qui enflait, il grimaça de douleur.

— Pourtant j'étais doué en bricolage à l'école!

Et brusquement Jay-jay comprit ce qu'il avait failli faire.

Planter un clou dans cet arbre équivaudrait à enfoncer une pointe dans son propre corps.

— Il doit bien y avoir un autre moyen, dit le gamin, s'adressant à Ombre qui le regardait travailler quand il ne dormait pas.

Jay-jay avait encore une bonne provision de corde. Il fit un nœud serré et attacha la première planche aux branches. Il testa la solidité des liens. Le rectangle de bois ne bougea pas. Satisfait, le garçon continua. Mais il dut bientôt s'arrêter. D'énormes ampoules étaient apparues sur ses paumes. Il les perça et les nettoya.

— J'aurais besoin de gants, expliqua-t-il au chien.

Tilt! Il enleva ses chaussettes et fit cinq trous à l'emplacement des orteils. Puis il enfila ses gants tout neufs.

— Dommage que je n'y aie pas pensé plus tôt.

Il lui fallut presque tout l'après-midi pour terminer le plancher. De temps en temps, il descendait de l'arbre pour s'assurer que les planches ne dépassaient pas du feuillage.

Les feuilles orange et dorées s'accrochaient toujours aux branches. Jay-jay se demandait ce qu'il ferait lorsqu'elles finiraient par tomber.

— Peut-être qu'à ce moment, il fera tellement froid que plus personne ne s'aventurera dans le parc. Qu'en dis-tu, Ombre?

Une fois, pendant qu'il travaillait, Jay-jay crut entendre quelqu'un marcher dans les taillis qui bordaient la Grande Colline. Il écouta longtemps.

— Mon imagination me joue des tours, conclut-il, sinon, tu aurais aboyé, n'est-ce pas, Ombre?

130

Jay-jay termina enfin les fondations du château. Il se releva et contempla son œuvre. La base mesurait environ deux mètres sur un mètre vingt. Il y avait un peu d'espace entre les planches à cause des nœuds et Jay-jay, qui avait le sens du travail bien fait, y glissa des baguettes de bois, qu'il avait dérobées avec le reste près des courts de tennis.

Il y avait bien encore un peu de jeu entre les planches mais Jay-jay déclara :

— Ça ne fait rien, Ombre. Comme ça, quand il pleuvra, on n'aura pas de problème de drainage. Maintenant, passons au toit.

A environ un mètre au-dessus de la plate-forme poussait une branche par-dessus laquelle Jay-jay fit glisser la bâche. Il planta des clous tout le long du plancher, passa des bouts de corde dans les œillets de la toile et les fixa aux clous.

La tente venait de prendre forme. Dressée, elle occupait la moitié du plancher. S'il ouvrait les pans de toile et les rabattait le long de la branche, il pouvait disposer de la totalité de l'espace.

Tandis qu'il admirait son œuvre, Jay-jay entendit les feuilles bruisser au-dessus de lui. Ombre leva la tête et grogna sans conviction. Le gamin vit alors son voisin l'écureuil voler dans les airs et atterrir sur la branche qui soutenait la tente.

L'animal s'assit sur ses pattes arrière, et se gratta furieusement l'oreille, tout en jetant des coups d'œil soupçonneux à la nouvelle invention de l'intrus.

— Tu es jaloux, hein ? lui cria Jay-jay.

L'écureuil agita dignement sa queue puis se lança dans une longue tirade. Ombre aboya. Le petit rongeur détala.

Jay-jay brandit le poing.

— Mmm, si je t'attrape ! Tu as vu ce culot, Ombre ? C'est toujours pareil. Dès que tu essayes de faire quelque chose de nouveau, les voisins accourent pour se plaindre. Hé, mais tu as aboyé! s'exclama Jay-jay, caressant la tête du chiot. Ça veut dire que tu es presque guéri.

Pour la dernière fois de la journée, il descendit le long de l'échelle et se dirigea d'un pas lent vers le Loch. Il trempa ses mains enflées dans l'eau.

Le crépuscule tombait. Toute la nature semblait immobile, de cette immobilité magique qui suit le coucher du soleil. Le vent, qui avait soufflé pendant toute la journée, était tombé.

Malgré le froid et l'inutilité apparente de ce geste, Jay-jay se déshabilla. Il resta debout, tremblant dans l'air froid du soir. C'était la première fois qu'il se dénudait en pleine nature. Baptême étrange et enivrant.

Il pénétra dans l'eau du Loch, d'abord jusqu'aux cuisses puis jusqu'au ventre. Il s'allongea sur le dos. Il sentait l'eau fraîche le porter, chassant la fatigue de son corps.

Une poule d'eau s'approcha et vint prendre son bain près du garçon. Un chipmunk apparut, tache brune sur la terre ocre, et sa tête toucha celle de son sosie liquide.

Jay-jay barbota jusqu'à la Cascade, se mit debout sous les torrents d'eau. Il se frotta vigoureusement pour faire disparaître de ses membres les dernières traces de lassitude.

Il était en train de grandir. Il le sentait. Il commençait aussi à perdre son aspect chétif. Jay-jay repéra un faucon tournoyant au-dessus de lui et fut stupéfait d'avoir pu distinguer l'oiseau sans ses lunettes.

Il sortit de l'eau en courant et se roula dans l'herbe pour se sécher. Des marques rouges apparaissaient sous ses bras, là où la corde avait mordu dans la chair.

— Mais bientôt elles s'en iront, dit le gamin en gonflant la poitrine.

On voyait surtout ses côtes maigres, pourtant Jay-jay crut détecter la présence d'un ou deux muscles nouveaux.

— Bientôt je serai capable de battre n'importe qui, déclara-t-il, contractant ses biceps. Même Elmo.

Après s'être rhabillé, Jay-jay ramassa une bouteille de lait vide, et la remplit d'eau. Il retourna près du chêne et l'arrosa. Il fit une demi-douzaine de voyage avant de s'arrêter, satisfait d'avoir nourri son arbre et de lui avoir fait oublier les souffrances qu'il avait pu lui causer.

Plus tard dans la soirée, Jay-jay s'installa dans son château et s'apprêta à fêter l'événement. Tout d'abord, il gonfla le ballon de Mme Miller et l'attacha à une branche.

— Ce sera notre bannière, expliqua-t-il au chiot. Ne t'inquiète pas, personne ne peut la voir. Il fait trop sombre. Nous la dégonflerons demain matin.

Ombre s'assit sur son arrière-train et renifla la nourriture.

— Vas-y, tu es invité au festin, dit le garçon. Prends ce que tu veux !

Le chien renifla et sélectionna soigneusement les mets.

Il y avait un morceau de pizza avec un peu de tomate. Une pile de chips ramassée dans six paquets jetés à la poubelle. Une carcasse de poulet, pas tout à fait rongée. Ils burent un reste de jus de pomme mélangé à de l'eau claire. Comme dessert, Jay-jay avala la dernière barre de chocolat de Mme Miller qui portait encore l'empreinte de ses doigts.

« Bizarre, pensa Jay-jay. J'ai l'impression que tout ça est arrivé il y a un siècle. Pourtant, c'était il y a quelques jours. »

Jay-jay savoura chaque bouchée de son repas. Il l'avait bien gagné.

Soudain, Ombre dressa l'oreille gauche. Jay-jay entendit un bruit de pas et la nourriture resta coincée dans sa gorge. Il s'aplatit contre la plate-forme et entoura d'une main le museau du chien pour l'empêcher d'aboyer. Il s'approcha du bord et jeta un coup d'œil en bas. Il faisait trop noir pour distinguer quoi que ce soit. Les pas s'éloignèrent.

— C'était peut-être un type et une fille qui cherchaient un coin tranquille? murmura Jay-jay. Non, il n'y avait qu'une seule personne. De toute façon, je ne peux rien y faire maintenant.

Il lui fallut plus d'une demi-heure pour se détendre. C'était la deuxième fois aujourd'hui qu'il entendait des pas.

Après dîner, Jay-jay dressa la tente et s'allongea à l'intérieur. Sa tête passait par l'ouverture de la bâche.

Ombre était près de lui, respirant régulièrement, lui mordillant le doigt de temps en temps.

Jay-jay leva les yeux vers le ciel et les constellations brillant comme des diamants. D'un doigt il retraça la Grande Ourse. Quelle était cette histoire déjà? Un petit garçon... à qui personne ne voulait donner à manger. Quand il est mort, Dieu l'a envoyé au ciel et l'a changé en constellation. Il est devenu la Grande Ourse.

« Il ne pouvait pas lui donner tout simplement à manger? se demanda Jay-jay à travers les brumes du sommeil qui l'envahissait peu à peu. Et pourquoi est-ce qu'il faut mourir pour qu'Il éprouve de la pitié? » Il soupira et reprit :

— Ombre, tu as une étoile à toi, là-haut. Sirius, l'Étoile du Chien. C'est ce qu'a dit le type du Planetarium. Mais je ne sais pas laquelle c'est. (Jay-jay bâilla.) Je voudrais bien comprendre ce qui se passe là-haut. Mais c'est difficile.

Il se contenta donc d'accepter les étoiles comme un mystère dépassant sa compréhension.

— Un jour, peut-être, murmura-t-il, quand je serai cosmonaute, je pourrai voler.

Il eut l'impression que les constellations se balançaient, suivant le flux et le reflux de la mer céleste. Ses paupières se fermèrent tandis qu'il glissait vers un endroit secret, moitié-sommeil, moitié-rêve. Il sentit son corps se durcir, ses membres gonfler, et il commença à flotter. Un centimètre d'abord, puis deux. Enfin, il décolla de la plate-forme!

« Je vais y arriver! Je vais y arriver! » comprit Jay-jay avec un mélange de terreur et de bonheur.

Il se préparait à s'écarter de l'arbre quand il fut réveillé par de violentes crampes d'estomac. La nourriture qu'il avait avalée devait être gâtée.

Jay-jay descendit du chêne et vomit. Lorsque le malaise fut dissipé, il retourna au château où Ombre, anxieux, l'attendait.

Un terrible sentiment d'injustice s'empara de Jay-jay, repoussant toutes les autres pensées de son esprit.

Était-il normal que le Prince de Central Park — et sa suite — se nourrisse de restes? Était-il normal que le Prince de Central Park ne puisse rêver tranquillement?

— Non, ce n'est pas normal! cria Jay-jay en se levant brusquement, sous le regard affolé d'Ombre.

Tout comme il s'était procuré des outils et du bois pour construire sa maison, il devait se procurer de la nourriture pour entretenir son corps. C'était le seul moyen de survivre.

— D'abord, la nourriture devrait être gratuite, Ombre. Pense un peu au goût qu'auraient eu ces miettes de hot-dogs s'il y avait eu une saucisse à l'intérieur !

Ombre remua la queue.

Jay-jay se mit à saliver en pensant à tous les kiosques du parc où l'on vendait des hot-dogs, à l'odeur de viande et de légumes qui émanait de la cafétéria du zoo.

— Non ! s'exclama-t-il, frappant sa paume de son poing serré. Pas de kiosque, et pas de cafétéria !

Ombre poussa un soupir plaintif et se tourna de l'autre côté.

— Demain j'irai au seul endroit digne de mon rang et de ma position et j'exigerai mon dû !

Demain, pensa Jay-jay en glissant vers des rêves peuplés de miel et de gâteaux, demain le Prince de Central Park forcerait la plus riche auberge de son royaume à lui rendre tribut. Demain, il se rendrait à la Taverne Verte.

7

— Tu es qui ? demanda le serveur vieillissant vêtu d'un uniforme blanc, en tendant l'oreille vers Jay-jay.

Le gamin, debout dans la gigantesque cuisine de la Taverne Verte, dansait d'un pied sur l'autre, mal à l'aise. Il n'aurait jamais pensé que c'était aussi grand. Au moins deux fois la taille du gymnase de l'école.

Quelques instants auparavant, Jay-jay s'était aventuré sur la plate-forme de chargement extérieure, là où les camions livraient les provisions de la semaine. D'énormes quartiers de bœuf, des tonnes de pains, des caisses de lait et de légumes. Toutes ces denrées allaient être découpées, cuisinées, transformées en mets délicats destinés aux privilégiés qu'étaient les clients du restaurant.

Personne ne fit attention au gamin, qui suivit le couloir sombre jusqu'aux cuisines. Les chefs, les serveurs, les plongeurs et les marmitons s'agitaient comme des abeilles laborieuses. Jay-jay en avait le vertige. Et toutes ces odeurs! Des crevettes étaient en train de frire. Du bacon grésillait sur les fourneaux. L'eau lui venait à la bouche.

Des milliers de jours s'étaient écoulés depuis son dernier vrai repas.

Il détourna les yeux de la nourriture, tira sur la manche du serveur et répéta son nom et son titre. C'était si simple! Ils avaient tant de choses qu'ils ne pouvaient décemment pas refuser de lui en donner un peu.

— Tu es dingue ou quoi? demanda le vieil homme, les mains sur les hanches. Moi je travaille ici et je suis obligé de payer ma nourriture! Tu crois peut-être qu'on a de quoi rassasier tous les mômes de la terre?

Jay-jay commença à lui expliquer la situation mais le serveur fit mine de lui décocher un coup de pied.

— Fiche le camp avant que je te botte le derrière.

Jay-jay recula. Son cerveau n'était pas resté inactif. Il avait tout enregistré : l'emplacement des réfrigérateurs, des lucarnes, des différentes sorties et la conformation générale des lieux.

Lorsqu'il se retrouva dehors, sous le pâle soleil d'un samedi après-midi, Jay-jay redressa les épaules, fit le tour du jardin, passa devant les baies de la grande salle où le concert des cuillères et des fourchettes ne cessait jamais et se dirigea vers la porte d'entrée.

— Tu aurais dû savoir qu'il était inutile de s'adresser aux subalternes, murmura-t-il. Ce rat de cuisine est trop stupide pour reconnaître la véritable royauté. Vise plus haut.

Il avança sous l'auvent vert et jaune, jetant un coup d'œil au grand écriteau sur lequel on pouvait lire : « Fermé le lundi. »

Un homme vêtu de cuir le regarda de haut. Le garçon entama les négociations. L'homme hurla de rire. Jay-jay fit mille efforts pour se contrôler et continua à s'expliquer.

Il entendit sa voix trembler, monter. Il entendit ses paroles résonner dans les salles de banquets où se tenait une réception organisée par un parti politique désireux de réunir des fonds pour financer sa campagne...

— Ombre est malade... un tribut...

Une main manucurée descendit vers le col de la chemise de Jay-jay, une autre attrapa le fond de son pantalon. L'homme le flanqua purement et simplement à la porte.

Jay-jay se releva, tendit le poing vers les murs de briques et s'écria.

— Très bien ! Je vous ai donné une chance. Maintenant, plus de quartier !

« C'est la guerre », se dit-il tout en fouillant une poubelle avant qu'un des aides-serveurs ne le chasse. Il n'avait rien trouvé de consommable, mais s'était emparé de deux bouchons de liège et d'une bonbonne de gaz à moitié pleine.

Escaladant une petite colline au nord de la Taverne, Jay-jay contempla le restaurant, château-fort apparemment imprenable.

— Fermé le lundi, hein ? dit-il.

Parfait. On était samedi. Il avait donc amplement le temps de préparer son attaque. Il dessina des chiffres sur la terre meuble.

— Vingt-quatre et douze, voyons voir, en gros, trente-six heures... Merde alors ! Si je n'arrive pas à briser leurs défenses en un jour et demi, c'est que je ne mérite pas de régner !

Se rappelant à quel point la carte du chantier de la Colline du Cèdre l'avait aidé dans sa tâche, Jay-jay traça un plan détaillé de la Taverne. Il devina l'emplacement de certaines choses, son bon sens lui permit d'en déduire d'autres.

— Dimanche soir, après la fermeture, décida-t-il, je frapperai.

D'abord, vérifier s'il y avait des gardiens. Ensuite, trouver les systèmes d'alarme.

— Peut-être qu'il n'y en a pas? suggéra-t-il, plein d'espoir.

Non, il y en a toujours dans *Mission impossible,* et tous les autres feuilletons. Alors...

Jay-jay eut soudain une idée. Si, au lieu de dévaliser le restaurant, il emportait ce dont il avait besoin pour, disons, une semaine?

— Comme ça, rien ne pourrirait, déclara-t-il. Le restaurant garderait mes réserves au frais. Et tous les dimanches, j'irais me réapprovisionner.

Quand il commencerait à faire très froid, il pourrait se constituer des stocks. Tous se conserverait très bien dehors.

— Pour la première fois de ta vie, tu serais tranquille, affirma Jay-jay, glissant ses pouces sous ses aisselles.

Réussirait-il à passer devant les gardiens sans se faire repérer? A éviter l'œil électronique du laser mortel? A trouver les combinaisons qui ouvraient les portes des réfrigérateurs? Le tout sans rien déranger pour qu'on ne sache jamais que le Prince avait frappé?

— Tu as plutôt intérêt à y arriver! s'écria Jay-jay.

Son estomac approuva bruyamment.

Jay-jay se dirigea vers le nord, en suivant l'allée cavalière.

Dans un nuage de poussière surgit un magnifique

cheval, monté par une espèce de dandy qui tentait en vain de le maîtriser.

« J'aimerais bien posséder un jour une monture pareille, se dit le garçon. Je pourrais sillonner mon territoire plus facilement. » Au lieu de se traîner, il galoperait sur ses terres ! Il repousserait les vandales.

— Et les malfaiteurs ! s'écria-t-il, fendant l'air de son épée imaginaire.

Le médaillon sautait autour de son cou. Il le rentra dans sa chemise puis, se souvenant brusquement des yeux fous d'Elmo, porta ses mains à sa gorge.

— Il n'a pas pu me reconnaître ! Tout s'est passé si vite !

Jay-jay savait que si jamais Elmo le retrouvait, il le découperait en morceaux.

— J'espère que les flics ont jeté la clé !

Jay-jay ralentit l'allure en approchant de l'Entrée de la Femme, à la hauteur de la 72e Rue. Il passa sous une treille autour de laquelle s'enroulaient des plantes grimpantes. Deux abeilles voletaient de fleur en fleur.

« Si seulement je pouvais manger des fleurs, moi aussi », se dit le garçon en les observant. Quand une abeille mange des fleurs, ça donne du miel. Mais quand un être humain mange... Jay-jay se demanda qui des deux était vraiment la créature supérieure.

Au fur et à mesure qu'il avançait, le terrain devenait plus boisé. Il descendit des marches de pierre et parvint dans une sorte de vallon ombragé. Une cathédrale de chênes et de noyers se dressait au-dessus de lui. Quelques rais de lumière filtraient à travers leur feuillage épais.

Une feuille se détacha d'un arbre, hésita, tomba à ses pieds.

Jay-jay la ramassa et la tint dans sa main. Lentement, il referma ses doigts... et l'hiver assassina l'automne.

Un vent froid semblait souffler en lui. L'hiver...
« Que ferai-je lorsque la neige tombera, lorsque je
laisserai des traces de pas derrière moi? Lorsque la
nourriture... » C'était trop lourd pour ses frêles épaules. Brusquement Jay-jay tomba à genoux contre un
bloc erratique géant, survivant de l'ère glaciaire. Le
rocher était noir et nu.

— Je n'y arriverai jamais, murmura Jay-jay.

« Abandonne, lui disait une voix lasse. Retourne vers
eux, accepte leur vie. Ils ont gagné. »

Jay-jay se redressa. Son regard s'envola vers le
sommet du grand rocher. Sur la crête du promontoire,
à même le roc, poussait un jeune arbre !

Un jet d'adrénaline fusa dans les veines du garçon.
Il grimpa jusqu'au jeune fusain et inspecta la base du
tronc. De la pierre compacte. Pas la moindre trace de
terre. Pourtant l'arbre vivait, tirant probablement sa
substance vitale du sol à travers une lézarde du
rocher.

Jay-jay s'émerveillait de la volonté du fusain. Car
il avait lancé ses racines à travers cinq mètres de
pierre. Impossible pour une graine minuscule de
survivre dans ces conditions. Mais les branches qui
s'allongeaient au-dessus de lui témoignaient de la vita-
lité de l'arbre.

Jay-jay descendit et repartit d'un pas léger.

« Tu peux y arriver, se dit-il. Tu y arriveras. Va au
fond des choses. C'est la réponse à tous tes problèmes. »

Le feuillage se fit moins épais, à droite du sentier,
le lac apparut. Jay-jay traversa la Voie Ouest,et longea
l'étendue liquide.

Une langue de terre s'avançait dans l'eau. Jay-jay
s'aventura sur la péninsule. Il suivit le promontoire
rocheux jusqu'à son extrémité et regarda les quelques
barques disséminées sur le lac.

Au nord et à l'est s'étendait la Brousse. Jay-jay

l'avait explorée une fois. C'était un endroit plus touffu qu'une jungle et toutes sortes de détraqués sexuels s'y donnaient rendez-vous pendant les week-ends. Mieux valait ne pas s'en approcher.

Au sud, par-delà les arbres du parc, se dressaient les tours de la ville, stalagmites menaçantes coulant d'un ciel empoisonné.

Jay-jay s'assit sur l'herbe. Il se rendit compte que son parc était entouré de tous côtés par ces géants de pierre. Cela lui rappelait quelque chose. Il pensa brusquement aux mâchoires du dinosaure. Et il lui sembla que cette cité carnivore, aux tours aussi acérées que des dents, était prête à les dévorer, lui et son parc.

Près de lui, un couple pêchait. Jay-jay décida de tenter sa chance. Il vida ses poches et trouva un morceau de ficelle, une épingle de sûreté et les bouchons de liège. Il souleva un caillou et enfila un asticot sur l'épingle. Puis il lança sa ligne et attendit.

Les minutes passèrent. Jay-jay s'impatientait.

— Les poissons des villes deviendraient-ils plus intelligents que les autres? Je devrais peut-être camoufler la ligne...

Il cueillit une fleur dont il enroula la tige autour du bouchon puis il rejeta doucement le fil à l'eau.

— Allez, mordez, pria-t-il, invoquant les dieux des vents et des eaux. Je vous en prie. Mon chien est malade.

Deux papillons apparurent. Ils voletèrent un instant au-dessus du lac, puis l'un d'entre eux se posa sur le bouchon, pliant et dépliant ses ailes. L'autre tournait autour de la fleur jaune, cherchant lui aussi à se poser. Un poisson-lune jaillit des profondeurs et mordit à l'hameçon juste au moment où le papillon s'envolait.

Jay-jay poussa un cri de joie et remonta sa prise. Imitant les gestes des pêcheurs qu'il avait observés, il écailla le poisson et découpa les filets à l'aide de son couteau de poche. Il alluma la bonbonne de gaz, embrocha les fuseaux de chair blanche sur une petite branche et les fit griller au-dessus de la flamme.

Lorsque le poisson fut cuit, Jay-jay enveloppa la part d'Ombre dans un morceau de papier sulfurisé qui traînait dans le coin et mangea ce qui lui revenait. A chaque bouchée, il sentait son estomac se réchauffer un peu plus. Il n'avait rien mangé de consistant depuis qu'il avait sauté dans le bassin au Metropolitan Museum. Quand il eut terminé son repas, il se cura délicatement les dents avec une brindille.

Le festin l'avait rendu dolent.

— Ombre attendra bien quelques minutes, déclara-t-il en s'allongeant sur l'herbe.

Les eaux du Lac scintillaient, les arbres et le ciel frémirent puis se brisèrent en morceaux confus quand le monstre du Loch Ness, déguisé en canard, passa près de la rive.

Les morceaux du puzzle se reformèrent lentement. Un visage apparut à la surface des eaux calmes. Avant que Jay-jay ait eu le temps de se ressaisir, une barque accosta et un type en descendit.

— Je te tiens! cria Elmo.

QUATRIÈME PARTIE

1

— Lâchez-moi! Vous êtes fou! cria Jay-jay essayant de jouer les innocents. Qu'est-ce que vous me voulez? Lâchez-moi!

Mais la main d'Elmo s'était déjà posée sur le médaillon passé autour du cou du gamin. Le jeune homme jeta un coup d'œil rapide alentour. Trop de monde. Il agrippa le bras de Jay-jay et le lui tordit derrière le dos.

— Ce que je veux? cracha Elmo, en poussant Jay-jay vers la barque. Attends un peu qu'on soit au milieu du lac, et tu verras ce que je veux!

Le garçon se tortilla dans tous les sens, donna des coups de pied désespérés pour tenter de se libérer de l'étreinte d'Elmo. Lorsqu'il ouvrit la bouche pour crier à l'aide, le drogué le bâillonna de la paume de sa main. Puis il le souleva et le jeta au fond de la barque. Mais la charge était trop lourde et elle refusa de bouger. Le jeune homme lança un juron, sauta de nouveau à terre, colla son épaule contre la proue et poussa de toutes ses forces.

Jay-jay vit là une chance de s'en sortir. Il s'empara d'une des rames et remit la barque à flot avant

145

qu'Elmo ait eut le temps d'y monter. Ce dernier glapit rageusement et se jeta à l'eau. Jay-jay avait pris les deux avirons et ramait furieusement. Son agresseur arriva à portée de main de la poupe, mais il avait de l'eau jusqu'aux genoux et le fond boueux ralentissait considérablement ses mouvements. Le gamin parvint à conduire la barque vers les eaux profondes.

Elmo jetait des regards fous autour de lui. Il ne pouvait pas le poursuivre à la nage, l'eau était beaucoup trop froide. Il fallait le devancer sur terre.

Jay-jay se dirigea vers le centre du lac.

— Je peux tout de même pas rester planté ici toute la nuit, souffla-t-il.

Le temps jouait en faveur d'Elmo. Tôt ou tard, le garçon serait forcé d'accoster. Le hangar à bateaux, décida Jay-jay. Il y aurait sûrement un gardien. Cela suffirait à arrêter le fou qui s'acharnait à sa perte. Jay-jay vira au sud, puis à l'est, en direction du pont de l'Arche. Bientôt il aperçut le quai de planches et le bâtiment du hangar à bateaux.

Elmo devina son intention. Il courut le long du sentier rocailleux qui longeait la berge, sans perdre la barque de vue.

Le lac se resserrait au pont de l'Arche.

— Si j'arrive au pont avant lui, souffla le jeune homme...

Il attendrait sur la rambarde, et quand Jay-jay passerait, il sauterait dans la barque.

Le gamin repéra Elmo qui coupait à travers les fourrés. Quand il vit le pont approcher, il comprit que son assaillant allait le devancer. Trop tard pour faire demi-tour. Jay-jay eut l'impression que ses bras allaient se déchirer à force de ramer.

— Je n'y arriverai pas! hoqueta-t-il, tandis qu'Elmo se rapprochait.

Ils atteindraient le pont presque en même temps. Jay-jay en eut la chair de poule. « Il se contentera peut-être de me flanquer une raclée? » Mais le gamin savait que son espoir était vain. La lueur qui brillait dans les yeux d'Elmo en disait long sur ses intentions.

Quand tout sembla perdu, le vent tourna et se mit à souffler vers l'est, provoquant un courant favorable. Le bateau dépassa l'arche du pont juste au moment où Elmo s'y engageait.

— Petit salaud! hurla ce dernier. Tu ne t'en tireras pas comme ça!

Jay-jay regarda le drogué quitter le pont et foncer vers la Fontaine de Bethseda. Il avançait plus vite maintenant, le sentier ne serpentait plus mais allait en ligne droite jusqu'au hangar à bateaux. Jay-jay cherha vainement une silhouette humaine sur le quai. « Le gardien est probablement en train de se balader », pensa-t-il, terrifié. Il jeta des regards éperdus autour de lui, dans l'espoir d'apercevoir quelqu'un qui pourrait l'aider. Il ne trouva personne.

« Hurle! » se dit Jay-jay, cédant à la panique. Mais qui l'entendrait?

Maintenant, la rame de droite immobile, Jay-jay actionnait furieusement celle de gauche afin de détourner la proue de la barque vers la Brousse.

Elmo piqua un sprint, s'arrêta sur le quai, et tapa du pied en voyant que Jay-jay avait changé de direction. Puis, il réfléchit.

— Parfait. Ce sera encore plus facile dans la Brousse.

Quand il aurait mis la main sur ce maudit gosse, personne, là-dedans, ne l'empêcherait de lui régler son compte.

— Cette fois-ci, tu ne m'échapperas pas, grogna-t-il.

Le blouson bleu et le soleil rouge étaient facilement repérables. Elmo suivit la rive nord du lac.

— Je ne te laisserai pas filer, scandait-il à chaque pas.

La date de son procès approchait. Il ne pouvait pas

courir le risque d'épargner Jay-jay. Si le gosse venait témoigner contre lui, il était perdu.

Le cerveau de Jay-jay était en ébullition. Mieux valait ne pas essayer de retourner chez lui. Le cinglé n'aurait qu'à le suivre pour savoir où il vivait.

— La seule solution, c'est de le semer.

La Brousse s'étendait devant lui. Dès que la barque toucha la rive, Jay-jay bondit à terre et s'enfonça dans la forêt dense.

Il grimpa en haut d'une colline escarpée, sans prêter attention aux branches qui lui griffaient le visage, aux épines qui déchiraient ses vêtements. « Tu n'as pas plus de trois ou quatre minutes d'avance. Où pourrais-je me cacher? Dans les broussailles? Non, plutôt dans un endroit où il y a du monde... le zoo! Impossible. Il se trouve au sud. Elmo te barre le chemin. »

Mieux valait continuer vers le nord. Le poste de police à hauteur de la 85ᵉ Rue. Voilà où il fallait aller. Oui, mais les flics l'enfermeraient, lui poseraient des questions. Et c'en serait fini de sa vie dans le parc.

Jay-jay courait à perdre haleine, enjambant le lit de la Gill, qui était à sec, filant le long des sentiers sinueux, bousculant des gens qui fouillaient les taillis. Sa course effrénée le conduisait vers une clairière. Le bâtiment de brique rouge qui abritait la caserne des pompiers se dressa devant lui.

Il fallait choisir maintenant. Soit traverser la 79ᵉ Rue au Château du Belvédère, soit... il fonça vers l'est, vers la Colline du Cèdre où trônait toujours le dinosaure rouge.

Parvenu sur la crête, il tomba à genoux, aspirant l'air à grosses goulées. Il fallait absolument qu'il se repose quelques instants. Il fouilla le paysage du regard. Aucune trace d'Elmo.

« Ça ne veux rien dire », se rappela Jay-jay. Il ne l'avait pas vu jusqu'au moment où il lui avait sauté dessus près du lac.

Après avoir traversé la 79e Rue, côté est, Jay-jay s'arrêta de nouveau et regarda autour de lui. Catastrophe! Il venait d'apercevoir Elmo dans le parking de la Colline du Cèdre, courant d'un côté, puis de l'autre, comme s'il essayait de renifler la trace de Jay-jay. Le gamin se laissa tomber à plat ventre sur l'herbe. Il ne pensait pas avoir été repéré, mais avec un type comme Elmo, on ne pouvait être sûr de rien. Jay-jay se releva et courut vers la foule qui se pressait devant le Metropolitan Museum.

Des bus rouges et jaunes crachaient des fournées d'enfants qui venaient passer une après-midi éducative au musée. Deux cents gamins environ envahissaient les trottoirs, et leurs cris joyeux résonnaient dans l'air. Ils se rangèrent peu à peu par classe. Un instructeur était à la tête de chaque section.

Jay-jay se mêla aux écoliers, choisissant un groupe dont les éléments avaient à peu près sa taille et son âge, et se perdit dans le flot qui s'engouffrait à l'intérieur du musée.

« Des mômes de riches », pensa Jay-jay en découvrant que tous les enfants ou presque portaient des appareils dentaires.

Arrivé en haut du grand escalier, Jay-jay balaya du regard les alentours. Rien au nord, rien à l'ouest. Soudain il aperçut Elmo à l'angle sud du bâtiment. Le gamin se hâta vers la porte et se jeta dans le hall.

2

Sous l'impressionnante voûte du Grand Hall, un silence momentané s'abattit sur les enfants. Puis leur babillage reprit de plus belle.

Suivant le troupeau, Jay-jay tenta de se persuader qu'Elmo ne pourrait jamais le retrouver dans ce labyrinthe.

« Il suffit de te planquer pendant une heure, s'assura-t-il. Ensuite il fera nuit et tu le sèmeras facilement. »

— Maintenant, les enfants, je réclame toute votre attention, commença le professeur. Rappelez-vous que nous avons étudié ceci...

— Oui, madame Munjack... Est-ce qu'on va avoir une interro là-dessus, madame Munjack?... Les momies, c'est par où, madame Munjack?

Ils passèrent dans la section consacrée à l'Égypte et firent cercle devant le Mastaba de Peri-Nebi.

— Qui était ce type? demanda un élève un peu gras, en donnant un coup de coude à Jay-jay.

Ce dernier rentra les épaules.

— Dis donc, tu n'es pas de ma classe, toi, fit le gros garçon en regardant Jay-jay par-dessus ses lunettes. (Quand il vit l'air terrifié de son compagnon, il ajouta :) Ça va, tu peux rester avec nous. Mon nom, c'est Alan, mais tout le monde m'appelle le Gros.

— Salut, Alan, dit Jay-jay.

Les voix des écoliers, haut perchées, vibrant à chaque découverte, commençaient à avoir un drôle d'effet sur Jay-jay. Il se rappela avoir été ainsi, très longtemps auparavant, et se retint de participer au tintamarre. Mais un « Hé, regarde cette momie ! C'était vraiment quelqu'un de vivant ? » sortit d'une gorge qui était la sienne, sans vraiment l'être.

Il rougit de bonheur. C'était bon de se sentir de nouveau gamin. D'oublier la Taverne Verte, la poursuite folle. De se sentir libre et insouciant. Jay-jay revint brusquement à la réalité en apercevant Elmo au bout d'un long couloir.

Le chasseur était trop près de l'entrée pour que Jay-jay puisse s'éclipser sans être vu.

— Mieux vaut rester avec les autres, dit le garçon.

— Quoi ? demanda le Gros. (Puis, fronçant les narines :) Ça sent le poisson.

Mme Munjack, qui semblait débordée par les événements, fit entrer les élèves dans la crypte par groupes de dix. En attendant son tour, Jay-jay dévisagea le prof. Elle était jolie, habillée à la mode. Ses grosses lunettes rondes lui donnaient un regard effaré. En fait, remarqua-t-il, tous les profs portent des binocles. Ça vient certainement du fait qu'ils passent leur vie entre quatre murs, leurs yeux deviennent paresseux, et finissent par s'atrophier.

— En tout cas, dit Jay-jay, le Prince de Central Park ne sera jamais comme ça.

— Qui ? demanda le Gros.

Son pantalon avait tendance à glisser et quand il tira dessus pour le remonter, son bloc-notes se renversa. Tous ses papiers s'éparpillèrent sur le sol. Le Gros se pencha en pleurnichant pour les ramasser.

Au lieu de lui donner un coup de main, ses camarades de classe se moquèrent de lui et flanquèrent des coups de pied dans les papiers avant d'entrer dans la crypte.

« Je suis bien bête de l'aider, pensa Jay-jay. Il n'aurait jamais fait ça pour moi. » Mais le gamin, qui se souvenait du temps encore proche où il avait été le mouton noir, s'était déjà accroupi. Les notes furent ramassées en quelques secondes. Jay-jay venait de se faire un ami pour la vie.

L'étroite ouverture de la chambre mortuaire sembla se refermer derrière Jay-jay. Les voix étouffées des écoliers prenaient des intonations lugubres dans l'espace clos de la tombe. Des gens marchaient en crabe sur le bas-relief. Jay-jay essaya de s'imaginer ce que les hommes et les femmes représentés sur ces dessins datant de cinq mille ans pouvaient bien faire. « Probablement la même chose que nous. Vivre, manger, dormir, baiser. »

— Comment sera le monde, dans cinq mille ans? pensa-t-il à haute voix.

— On ne sera pas là pour le voir, répondit le Gros.

— Moi, si, souffla Jay-jay.

Le groupe suivant pénétra dans la crypte, forçant Jay-jay et les autres à sortir.

Une petite blonde qui semblait angoissée agrippa la main du professeur.

— Qu'est-ce qui arrive quand on est mort, madame Munjack?

La femme caressa les cheveux de l'enfant:

— Personne ne peut le dire. C'est un des grands mystères du monde.

— Moi je sais, murmura Jay-jay à l'intention du Gros. On renaît. Et tu sais quoi encore?

— Non?

— On n'a pas besoin de mourir pour y arriver.

Le Gros le regarda fixement.

— Qui t'a dit ça? Et si tu es si malin, pourquoi est-ce que tu ne le racontes pas au prof?

Jay-jay resta silencieux, regrettant d'avoir ainsi attiré l'attention sur lui. Mme Munjack l'avait déjà regardé deux ou trois fois d'un air intrigué.

Ils montèrent au second étage, dans la salle des impressionnistes, puis dans la section réservée à l'art baroque.

Ils passèrent dans la salle d'art moderne... les minutes s'égrenaient, rapprochant Jay-jay du crépuscule, de la sécurité.

— Je suis sûr que ton prof ne vous emmènera pas dans la galerie d'Art Indien, dit Jay-jay.

— Pourquoi? demanda le Gros.

— Parce qu'il y a une de ces statues! Ça représente un homme et une femme, expliqua-t-il, d'un air entendu. *Le couple amoureux.*

— Sans blague? fit le Gros, intrigué. Comment tu sais ça?

Jay-jay haussa les épaules :

— Oh, je viens souvent ici. Et tu sais quoi, encore? Il y a exactement vingt-trois marches du second au premier étage, et encore vingt-trois marches jusqu'au rez-de-chaussée.

Le Gros les compta lorsque la classe se dirigea de nouveau vers le grand hall. Quand ils arrivèrent en bas, Alan se tourna vers Jay-jay. Il y avait de l'adoration dans son regard.

— Je suis déjà venu ici! s'écria Jay-jay quand le groupe d'écoliers pénétra dans la salle du Moyen Age.

Jay-jay s'arrêta devant un autel et regarda le crucifix de bois. De la peinture rouge coulait des blessures faites par les lances, et trois clous maintenaient l'homme dans un triangle létal. Jay-jay se surprit à se frotter les paumes. Il se détourna de la croix et ses yeux rencontrèrent ceux d'Elmo.

Les lèvres du jeune homme s'entrouvrirent, découvrant des dents sans couleur. Il regarda le blouson de Jay-jay.

Comment avait-il pu être aussi stupide! En une seconde, le gamin comprit que le soleil rouge qui s'étalait sur le dos de son blouson l'avait trahi!

Sans cesser de surveiller Mme Munjack, qui était bien trop occupée à compter ses moutons, Elmo s'avança vers Jay-jay, fendant le groupe d'enfants, cherchant à séparer du troupeau le veau qui allait être marqué. Ses chaussures mouillées lui rappelaient l'humiliation qu'il avait subie près du lac. Quand il pensa à la vieille dame, il crut que sa tête allait éclater.

«Calme-toi, s'ordonna-t-il. Dans une minute, tu le tiendras entre tes mains.» Ses doigts tremblants se refermèrent sur le manche du cran d'arrêt qui dormait dans sa poche. Il suffirait d'un coup. Ensuite, dans la confusion, il aurait le temps de disparaître. Son cœur se mit à battre plus fort tandis qu'il se rapprochait de sa victime. Cette chasse à l'homme lui procurait une exaltation qu'il n'avait jamais connue. Il avait un goût de sang dans la bouche... et c'était bon...

Alors que le groupe se dirigeait vers les salles françaises, Jay-jay se décida. S'écartant des autres, il bondit vers un couloir bordé de lourds meubles anciens. Elmo se lança sur ses talons, ne ralentissant l'allure qu'après avoir bousculé deux vieilles dames assises sur un banc.

La folle poursuite les entraîna à travers les galeries d'art médiéval. Ils passèrent devant les chevaliers en armures, devant la tapisserie où la licorne saignait toujours, courait toujours. Elmo gagnait du terrain.

Au bout du couloir, une fenêtre laissait passer la faible lueur du crépuscule. «Si j'arrivais à trouver une sortie et à me perdre dans le parc... pensa Jay-jay. Elmo est trop fort, trop rapide! Il faut que je m'arrête pour respirer!»

— Si ça continue comme ça, je suis foutu, haleta

Jay-jay en trébuchant à l'entrée d'une autre salle. Je suis en train de tourner en rond!

Devant lui, il aperçut Mme Munjack et sa classe. Les élèves faisaient la queue devant les toilettes, où ils pénétraient six par six.

Jay-jay se glissa dans les rangs, près du Gros, qui était proche de la porte.

Elmo débonla dans la salle juste au moment où Jay-jay entrait dans les toilettes. Il aperçut le professeur. « Ne tente rien tant qu'elle est là, se dit-il. Attends dans le couloir. Ils finiront bien par sortir. »

Dans la pièce aux carreaux blancs, Jay-jay agrippa le bras du Gros. Il luttait pour retrouver son souffle.

— Il y a un cinglé, dehors, qui essaye de m'attraper, lâcha-t-il. Qu'est-ce que je vais faire?

Le Gros en laissa tomber son bloc-notes.

— Prévenir Mme Munjack? Non? Te cacher? Non? Te déguiser? bredouilla-t-il.

Jay-jay passa à l'action. Il enleva son blouson, le tourna du côté bleu et l'enfila de nouveau. Puis il alla vers le lavabo et, après avoir bu quelques gorgées d'eau, se mouilla les cheveux pour les aplatir sur son crâne. Le Gros enleva ses lunettes de soleil et les tendit à Jay-jay.

Ce dernier se regarda dans la glace. Un étranger lui faisait face.

— Maintenant, voilà ce que tu vas faire, ordonna-t-il au Gros d'une voix pressante. Tu vas sortir avec moi.

Alan recula.

— Je ne peux pas! J'ai peur! Je n'ai pas encore pissé!

— Je t'en prie, supplia Jay-jay. (Il passa son bras autour des épaules du garçon.) Parle-moi.

— De quoi?

— Aucune importance. Contente-toi de dire n'importe quoi jusqu'à ce qu'on soit au bout du couloir.

Ils sortirent des toilettes en se tenant par l'épaule. Le Gros parla du musée qui était formidable, du match de foot, du prochain cours de sciences avec des hamsters, de la statue qu'il aurait aimé voir, alignant les mots de plus en plus vite tandis qu'ils passaient devant Elmo. Ce dernier ne quittait pas des yeux la porte blanche, attendant de voir apparaître le soleil.

Jay-jay et le Gros avançaient tranquillement dans le couloir. Sans s'arrêter, Jay-jay enleva les lunettes et les tendit à son compagnon.

— Quelquefois, ma mère me laisse sortir le dimanche, on pourrait peut-être...? commença le Gros.

— Bien sûr, répondit Jay-jay. Si tu veux me voir, je serai dans le parc.

Il continua à marcher calmement, sachant que s'il paniquait et se mettait à courir, Elmo aurait tôt fait de le repérer.

Arrivé au bout du couloir, Jay-jay s'élança, se retourna une fois pour saluer le Gros d'un geste de la main. Il traversa le grand hall, sortit dans la nuit et disparut dans son royaume sauvage.

Il avait déjà dépassé l'Obélisque lorsqu'il entendit des cris au loin. Il s'arrêta et écouta. Il avait du mal à distinguer les mots.

— Je t'aurai! Tu peux compter sur moi! Tu verras! Je...

— Je suis fatigué de courir, murmura Jay-jay. Je t'attendrai.

3

— Voilà pourquoi j'arrive si tard, Ombre, expliqua Jay-jay.

Le chien lui jeta un regard sinistre, se détourna de lui, et posa sa tête sur ses pattes.

— Je comprends ton irritation, mais est-ce que c'est une raison suffisante pour faire ça en plein milieu du salon? grommela Jay-jay, nettoyant les traces de la colère d'Ombre. Enfin, puisque tu es capable de bouder, ça veut dire que tu vas mieux.

Jay-jay déplia le papier et déposa les filets de poisson sous le nez du chien.

— Voilà ton dîner. Je l'ai fait cuire moi-même. Il n'y a rien de meilleur que le poisson-lune froid.

Ombre résista environ une seconde et décida d'être clément.

Jay-jay se coucha tôt, épuisé par cette journée folle. Il vit une étoile plus lumineuse que les autres apparaître à l'horizon. « Est-ce que c'est Vénus? » se demanda-t-il. Puis une autre, à l'éclat rougeâtre. « Ça c'est sûrement Mars. » Bientôt des millions d'astres brillèrent sous ses paupières.

Tandis qu'il glissait dans un sommeil profond, Jay-jay sentit que quelque chose le poursuivait. Quelque chose d'inconnu et d'impitoyable. Le seul moyen de s'échapper, c'était de s'envoler. Sinon, la mort le faucherait.

Comme un somnambule, Jay-jay se dirigea vers le rebord de la plate-forme, les bras levés. Mais rien ne se produisit. Tout au fond de lui une voix résonna :

« Une seule chose t'empêche d'y arriver. La peur qui te tient enfermé dans ton ombre. Essaye ! »

— Mais il n'y a pas de vent ! protesta Jay-jay.

« Ta volonté te portera. Certains vont s'écraser contre l'étoile polaire. Abandonne-toi et tu t'envoleras sans efforts, tous les vents seront à toi. »

Jay-jay écarta les bras et se persuada qu'il pouvait voler, tandis que l'horrible présence se rapprochait. Toutes les fibres de son être étaient tendues vers le but et lentement, très lentement, Jay-jay se sentit décoller. Un centimètre d'abord... puis peu à peu, il flotta vers les branches... et s'écarta complètement du chêne. Il hurla, croyant sa chute imminente, mais vit son ombre sur le sol devenir de plus en plus petite.

Il s'éleva dans le ciel, toujours plus haut, plongea dans des océans sans fond, remonta de nouveau vers un monde léger, léger où il respira une atmosphère d'extase.

Au-dessous de lui, la terre tournait comme un gigantesque cerveau, limité, contrôlé, tandis qu'il montait vers le vide sans fin. Il dépassa des bouquets de fleurs filantes qui se transformèrent en étoiles, volant vers une galaxie secrète où il brûla avec tant d'intensité qu'il se transforma en nova, connut l'instant d'unicité suprême, explosa en un nouveau Jay-jay, ébloui, réveillé, transformé.

L'enfant s'éveilla au son du carillon de Saint-Jean-le-Divin. Tout autour de lui, les feuilles frémissaient, murmuraient, illuminant son château de brun, d'or et d'orangé.

Un troupeau d'oies flottait dans un ciel d'une clarté si sereine que les arbres semblaient pleurer des feuilles de joie. Jay-jay ne descendit qu'une seule fois de son chêne, car même dans cette région peu fréquentée du parc, des gens se promenaient, tentant de capter les dernières lumières de l'automne.

Jay-jay se reposa toute la journée, s'interrogeant sur son rêve et sur ses nouveaux pouvoirs. L'expédition du soir exigeait qu'il soit en pleine forme, aussi ne tenta-t-il pas d'autre expérience, se contentant de s'émerveiller sur lui-même, qui avait eu la chance d'approcher les étoiles.

Il essaya de prier.

« Pour ce qui m'attend, j'aurai besoin de toutes les aides possibles. »

Ombre remua la queue et Jay-jay dit :

— Désolé, tu ne peux pas venir. Tu ne réussirais qu'à m'encombrer. Et si tu recommences... (Il agita le doigt.)

Bien que terriblement ébranlé par sa rencontre avec Elmo, Jay-jay savait qu'il n'avait pas le choix. Il devait mener à bien le raid de la Taverne. Amasser de la nourriture était le seul moyen de passer l'hiver. Cette nuit il saurait si son destin était de vivre ou de mourir dans son parc.

— Le Seigneur est mon berger... commença-t-il. Et la République, symbole de... flûte ! (Il haussa les épaules. Il ne se souvenait de rien.) Même pas du Notre Père, et pourtant je le connaissais par cœur, dit-il à Ombre.

Avec quelle rapidité il oubliait les choses de l'autre monde.

Il y avait pourtant des tas de choses valables, des tas de choses qu'il avait envie de se rappeler.

— Dès que tout sera terminé, déclara-t-il, je retournerai au Museum d'Histoire Naturelle, au Planetarium, au Metropolitan. Tu sais, Ombre, là-bas il y a des livres...

« L'argent, pensa brusquement Jay-jay. Les livres coûtent cher. » Tant pis, il se débrouillerait, comme pour le reste. Et il apprendrait seul ce qui l'intéressait.

Ce serait chouette de connaître toutes les constellations, pour son prochain voyage ! De savoir quelles sortes de pierres il ramassait, de pouvoir dire à première vue si telle ou telle racine était comestible.

Tandis que les heures s'écoulaient, Jay-jay notait ce qu'il avait envie d'étudier et cataloguait ses possessions. Il sentait la solidité de la plate-forme sous ses pieds, touchait la toile rude de sa tente. Il était tellement heureux d'avoir toutes ces choses qu'il voulait absolument exprimer sa reconnaissance à quelqu'un.

Sans réfléchir, il ramassa une feuille morte couleur d'or sombre et la tendit vers le soleil couchant. La lumière la traversa, faisant apparaître les nervures translucides.

— C'est à toi que j'adresserai ma prière, dit Jay-jay, posant la main sur une branche du chêne. Pour que tu renaisses au printemps. Et je prierai aussi les couleurs du ciel. Et l'écureuil. Et la vieille dame, Mme Miller. Et celui qui a jeté le sac de couchage. Je prierai mon père, ma mère! Et Alan, le Gros, qui m'a sauvé. Et Ombre! Et moi! Et Elmo! Oui, même Elmo.

4

La nuit tomba. Au loin les cloches d'une église sonnèrent 11 heures. Jay-jay alluma la bonbonne de gaz et étudia le plan de la Taverne Verte qu'il avait tracé.

« Et cette fois-ci, avant d'entrer, essaye de savoir comment tu vas sortir! » se dit-il.

Il fourra un tournevis, des allumettes et la bon-

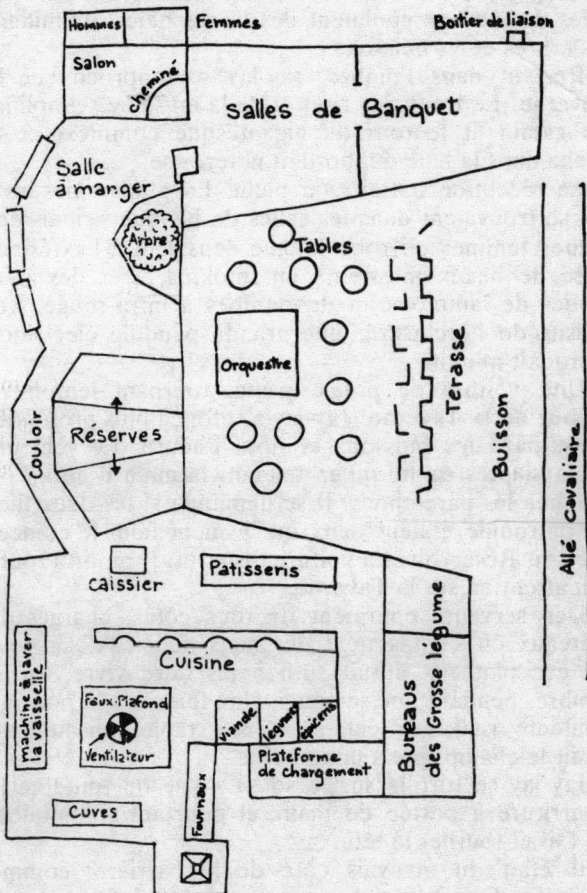

Taverne Verte

Hommes Femmes   Boitier de liaison
Salon
      cheminé   salles de Banquet
Salle
à manger
         Arbre   Tables
                                              Terasse
            Orquestre   Buisson   Allé Cavaliaire.
Couloir   Réserves

                 Patisseris
      Caissier
                 Cuisine
machine à laver la vaisselle
         Féux-Plafond   viande légumes épicerie
         Ventilateur   Plateforme   Bureaux des Grosse légume
                         de chargement
  Cuves
              Fourneaux

bonne dans son sac, puis le glissa à son épaule. Après avoir dit au revoir à Ombre, il se mit en route.

Le gigantesque bâtiment se dressait devant lui. Des raies de lumière coulaient des larges baies, illuminant les arbres et les buissons.

Restant dans l'ombre, Jay-jay se rapprocha de la Taverne. Le bruit des rires et de la musique s'amplifia. Le gamin fit le tour du gigantesque complexe et se cacha dans la haie qui bordait la terrasse.

La réception battait son plein. La plupart des invités se trouvaient dans les salles de banquets, mais des jeunes femmes en robe longue dansaient à l'extérieur avec de beaux messieurs en smoking, sous des guirlandes de lampions, et des lampes à infra-rouge. Au-dessus de l'orchestre, une grande pendule électrique marquait minuit.

Une voiture de police passa, tournant lentement autour de la Taverne. Jay-jay s'enfonça plus profondément dans les buissons et nota l'heure. Le véhicule roula si près de lui qu'en tendant la main il aurait pu toucher les pare-chocs. Il se demanda si les deux flics de patrouille étaient ceux qui avaient failli le coincer près du Réservoir. La voiture disparut. Il reporta toute son attention sur la Taverne.

Des serveurs couraient de tous côtés, chargés de plateaux où s'entassaient des mets délicieux. Un seul de ces plateaux aurait suffi à les faire vivre, lui et Ombre, pendant une semaine. Une femme à la poitrine opulente riait aux éclats. A une table, un homme tétait le champagne à la bouteille.

Jay-jay se tortilla sur le sol. La vue de toute cette nourriture à portée de main, et pourtant si lointaine, lui faisait tourner la tête.

Il était du mauvais côté de la barrière, comme toujours. Couché sur la terre, ses doigts enfoncés dans les touffes d'herbe, Jay-jay fit une découverte horrible.

« Je ne serai jamais du bon côté ! »

La colère monta en lui. Il était furieux contre *eux*. Il avait envie de briser leurs bouteilles, de renverser leurs tables. D'écraser leurs visages gras et souriants.

A minuit et demi, la voiture de police fit une nouvelle apparition.

— Une demi-heure d'intervalle entre chaque ronde, murmura Jay-jay. J'espère qu'ils sont ponctuels.

Une polka, quatre ou cinq rocks, un cha-cha, une valse, puis un fox-trot. Enfin, l'orchestre entama le dernier morceau. Tous les invités s'embrassèrent, jurèrent qu'ils venaient de vivre la meilleure soirée de leur vie, d'ailleurs un homme qui vomissait dans les buissons était en train de le prouver, puis les limousines s'arrêtèrent devant l'entrée, et une princesse partit dans un fiacre tiré par un cheval blanc. Les serveurs, soulagés, se hâtaient de nettoyer les salles.

A 1 heure, la voiture de police se montra. A 1 heure et demie, elle revint. Les derniers lampions s'éteignirent, le directeur verrouilla les portes, laissant le bâtiment plongé dans l'obscurité.

Jay-jay se força à attendre cinq minutes. Les gens oubliaient toujours quelque chose. N'importe qui pouvait revenir. Il rampa hors de la haie et fit le tour de la taverne. Il essaya toutes les portes. Il n'y avait aucune poignée à l'extérieur pour qu'on ne puisse pas forcer les serrures comme il l'avait fait à l'infirmerie de l'école.

Sa seconde impulsion fut de briser les vitres d'une fenêtre, d'entrer, de piller la cuisine et de ressortir le plus vite possible. Mais une petite voix lui déconseilla ce plan. Sur un des murs de l'aile gauche du bâtiment, Jay-jay remarqua une petite boîte rouge dissimulée dans le renfoncement d'une fenêtre. « Boîtier de Liaison », disait l'étiquette collée sur le système d'alarme.

« Ça veut probablement dire qu'il est relié à toutes

les portes et à toutes les fenêtres du restaurant. » Si on essaye de forcer les unes ou les autres, la sirène se met en marche.

— Au moins tu commences à t'écouter, dit Jay-jay. Ce n'est déjà pas si mal.

Le bâtiment lui faisait maintenant l'effet d'un gros gâteau appétissant. Mais comment y entrer?

— Il doit bien y avoir un moyen, décréta Jay-jay. Souviens-toi du chantier. Tu pensais que ce serait terriblement difficile, et pourtant...

Une pensée lui traversa l'esprit. « C'est ma troisième effraction! Doux Jésus! Est-ce que je suis en train de devenir un gangster? »

Du côté sud du bâtiment, Jay-jay aperçut un orifice dans le mur de brique. C'était la conduite du conditionneur d'air. Il mesura approximativement l'ouverture. Non, trop étroite. Il n'arriverait jamais à se glisser à l'intérieur.

Collé au mur, Jay-jay continua son exploration. Il arriva au parking. « Directeur du Personnel. Sous-Directeur. Directeur Général », disaient les lettres jaunes peintes sur le macadam.

Puis il se retrouva devant la plate-forme de chargement, et se refusa à fouiller dans les poubelles pleines à craquer. Il y avait des piles de cageots partout et deux lourdes portes de métal bloquaient l'accès de la cuisine.

Jay-jay se rongea les ongles.

— Si tu ne peux pas entrer par en bas, dit-il, peut-être...

Marchant sur les caisses, il agrippa la gouttière et se hissa sur le toit, qui était plat à cet endroit. Partout ailleurs il était en pente, et recouvert d'ardoises. Impossible d'y grimper, même avec des chaussures de toile.

Jay-jay élimina rapidement la solution du Père Noël, les cheminées étant bien trop étroites, quand elles n'étaient pas fausses. Des gravillons crissaient sous ses pas tandis qu'il se dirigeait vers une lucarne située sur la partie plate du toit.

La lune surgit de derrière les nuages, pailletant d'argent les arbres et les pelouses. Jay-jay détourna son regard du paysage.

— Au travail, ordonna-t-il.

Il inspecta les panneaux de la lucarne. Ils étaient en verre épais renforcé par des fils métalliques encastrés dans le matériau.

— Même si tu parvenais à les briser, ce dont je doute, on découvrirait les dégâts immédiatement et tu ne pourrais plus revenir la semaine prochaine, déclara-t-il. Ton beau plan tomberait à l'eau.

Jay-jay remarqua alors quelque chose de rond... En aluminium. Qui avait environ soixante-dix centimètres de hauteur.

« C'est probablement une bouche d'aération pour la cuisine », se dit Jay-jay, soudain rempli d'excitation.

Sur le cylindre se trouvait un petit toit de forme conique, comme un chapeau de sorcière. Deux vis le maintenaient en place. Jay-jay sortit son tournevis et se mit à l'œuvre. Il empocha les vis, souleva le cône et regarda.

A la lumière de la lune, il put voir un grand ventilateur métallique de plus de cinquante centimètres de diamètre, juste au-dessous du niveau du toit. Impossible de distinguer ce qu'il y avait plus bas.

« Qui ne risque rien !... » se dit Jay-jay en passant une jambe dans l'ouverture. A cet instant précis la voiture de police arriva. C'était l'heure de la ronde.

Jay-jay dégagea son pied et s'aplatit sur le toit, tout en se maudissant d'avoir oublié ce danger. La voiture s'arrêta juste au-dessous de l'endroit où il se trouvait. Un flic en sortit en vérifia la serrure des portes de la cuisine. Puis une portière claqua et le véhicule s'éloigna. Jay-jay regarda les phares fendre la nuit en direction du Pré aux Moutons.

Il se força à compter jusqu'à soixante avant de se relever. La minute passa. S'il voulait mener son expédition à bien il devait s'y mettre tout de suite.

« Et tu as intérêt à avoir terminé dans moins de vingt-neuf minutes, sinon... » Il fit glisser son index sur sa gorge.

5

Jay-jay passa les deux pieds dans le trou et les posa sur les pales. Puis il se glissa entre le ventilateur et la paroi du cylindre.

« Si quelqu'un met ce truc en marche, ça fera trente bons kilos de viande hachée », se dit-il. Dix kilos de plus et il n'y serait pas arrivé. Il ne voyait toujours pas ce qu'il y avait en bas. Il agrippa l'une des pales, les pieds pendants dans le vide; puis se laissa tomber. Il atterrit sur une vaste plaque métallique, dans un fracas épouvantable. On aurait dit que quelqu'un avait frappé un gong géant.

Il retint sa respiration, et attendit, dans la crainte de voir accourir un gardien alerté par le vacarme. Une autre précieuse minute passa avant que Jay-jay ne se risque à regarder par-dessus le bord de la plaque qui mesurait environ trois mètres carrés.

En fait il avait atterri sur un faux plafond. La plaque servait à attirer les odeurs de cuisine et la chaleur vers le ventilateur. Elle empêchait aussi la poussière de tomber directement dans la pièce.

Elle était suspendue au véritable plafond par quatre

barres de métal, à environ deux mètres du sol. La cuisine paraissait encore plus vaste dans l'obscurité. La seule lumière provenait des néons rouges qui indiquaient la sortie de chaque côté de l'impressionnante caverne.

« On se croirait en enfer », pensa Jay-jay, qui commençait à avoir peur. Mais la faim fut plus forte que la frayeur. Il s'approcha du bord et se laissa tomber sur le sol, tout en réfléchissant au moyen de sortir. Il entrevit la solution. Parfait.

Il commença par explorer le terrain. La cuisine mesurait environ vingt mètres carrés, et plusieurs petites pièces s'ouvraient sur l'espace principal. Contre le mur du fond, de nombreux ustensiles de cuisine étaient accrochés. Des cuves immenses, un moulin qui aurait pu moudre une vache entière, un hachoir. Un autre mur était occupé par une machine à laver la vaisselle équipée d'une bande de roulement. Près de lui, quatre fourneaux et deux bacs à friture.

— Il faut que je trouve l'endroit où sont rangées les provisions, souffla Jay-jay. « Il faut aussi que je sache s'il y a un gardien. Ça m'étonnerait, à moins qu'il ne soit sourd. Et l'œil électronique ? Il faut que je fasse attention à ne pas passer devant.

Mais un autre problème plus important que les autres le travaillait :

— Comment se fait-il qu'à chaque fois que je me lance dans ce genre d'expédition, j'ai horriblement envie de faire pipi ?

Il passa sous les arches doubles et entra dans la section desserts. Des gâteaux, des sucreries étaient entassés sur des étagères protégées par un couvercle de verre. Tout cela était terriblement appétissant, et probablement très cher.

— On s'apercevra vite de leur disparition, grogna Jay-jay en résistant à l'envie d'attraper un gâteau et de l'avaler sur place.

Il passa devant le bureau du caissier. Un panneau disait :

Cinq dollars minimum après 21 heures.

Il ne s'approcha pas trop près de la caisse. Il s'était donné pour règle de n'emporter que ce qu'il pouvait manger ou utiliser. Et les rectangles de papier vert imprimés n'entraient pas dans cette catégorie.

— Non, murmura-t-il d'un ton décidé. Je ne les laisserai pas faire de moi un voleur !

Il s'avança dans un couloir lugubre aux murs couverts de peinture grise et ruisselants d'odeur de cuisine. Maintenant il ne voyait plus rien. Il se cogna le tibia contre une sorbetière, heurta un casier de bouteilles de soda. Impossible de continuer comme ça, il fallait se décider à utiliser la précieuse bonbonne de gaz.

Peu à peu, il commença à distinguer ce qui l'entourait. Au-dessus de lui, un enchevêtrement de tuyaux. De chaque côté du couloir, des casiers remplis de nappes et de serviettes, de couverts, de plats et de verres.

Il y avait aussi des bougies ! Des boîtes pleines ! et du charbon de bois. Jay-jay éteignit la bonbonne après avoir cueilli sa flamme sur une bougie.

— Tu vois, si tu n'avais pas allumé le gaz tu n'aurais pas trouvé les bougies et le charbon de bois, dit-il en fourrant une boîte de chaque dans son sac. Il faut parfois prendre des risques.

À chaque fois que Jay-jay ouvrait une porte il s'attendait à voir Barbe-Bleue ou le gardien lui sauter à la gorge. Il parvint au bout du couloir, éteignit la bougie, poussa une porte à double battant, et pénétra dans un univers argenté. Argent de la lune qui brillait dans la pièce, argent des couverts posés sur les nappes blanches, argent du mur blanc de la salle à manger en demi-cercle.

Un bouleau argenté, enfermé dans un parallélépipède de verre incassable poussait contre le mur, ses branches tendues vers le ciel. Jay-jay vit une table dressée pour deux et brusquement il eut envie de prendre tout, les assiettes, les verres, les couverts, la salière, et de les fourrer dans son sac.

« Pour le jour où j'inviterai quelqu'un à dîner, se dit-il. Le nouvel an, par exemple. On ne peut pas servir un repas de nouvel an dans des assiettes en carton. »

Peut-être inviterait-il... comment s'appelait-elle déjà? Deborah? Dolorès? Il ne s'en souvenait plus. Et Mme Miller? Elle aurait certainement du mal à grimper la corde mais avec son aide, elle y parviendrait.

Il résista à la tentation, puis se résolut à un compromis.

« Je prendrai la vaisselle la prochaine fois. Je ne peux pas tout porter, et ce soir, je suis venu pour faire des provisions. »

Il quitta la salle à manger et passa dans un petit salon. Enfin! Les toilettes! Du papier beige sur les murs, des carreaux beiges, une odeur de naphtaline et de soulagement.

La pendule lumineuse au-dessus du distributeur de cigarettes lui indiqua qu'il ne lui restait plus que dix-sept minutes. Il s'engouffra dans les salles privées dont les murs semblaient encore résonner des rires des invités, et parvint dans la salle de banquet.

Mystérieusement, Jay-jay se sentit attiré vers le centre de la piste de danse. Ses chaussures accrochaient sur le parquet lisse. Il ouvrit la bouche pour s'accompagner, mais il n'en sortit qu'un croassement. Il tourna et vira, à l'endroit même où les femmes élégantes et leurs cavaliers avaient dansé, tandis qu'il regardait du dehors, rongé de jalousie.

Jay-jay s'arrêta et jeta un coup d'œil par les fenêtres donnant sur son parc. Soudain, au milieu de tous ces beaux meubles, de ces tableaux raffinés, Jay-jay se sentit prisonnier. Les murs semblaient se rapprocher de lui. Il se rendit compte que cette pièce l'affrayait beaucoup plus de l'intérieur que de l'extérieur.

C'était encore pire d'être du bon côté.

« Évidemment, de mon côté, on se sent parfois seul, pensa Jay-jay. Mais de celui-là ! Wow ! C'est une véritable prison. »

Une horloge sonna moins le quart. Il ne lui restait qu'un quart d'heure avant la ronde. Jay-jay retourna vers la cuisine, sûr à présent de pouvoir mener sa besogne à bien sans être surpris par un gardien.

De nouveau, il alluma la bougie.

— D'abord, les placards à provisions. Voyons voir. Si le chef a trois grains de cervelle, il doit entreposer la nourriture près des fourneaux.

Effectivement, il y avait une pièce étroite près des cuisinières, et à l'intérieur de cette pièce, trois portes de bois. Le placard à viande, le placard à légumes, et l'épicerie.

Aucune de ces portes n'était fermée. Jay-jay pénétra dans le premier placard. Il y faisait un froid de canard. Du sol au plafond, des étagères bourrées de nourriture. Jay-jay prit une boîte de jambon, une autre de dinde. Il y en avait beaucoup et il pensa qu'on ne remarquerait pas leur disparition. Sur un plateau, il vit des tranches de viande froide, restes de la réception de ce soir. Il en dévora le plus possible, tout en continuant à fourrer des provisions dans son sac. Il ne prit que des denrées non périssables. Les nuits commençaient à devenir froides, mais dans la journée, il faisait encore trop chaud et toutes ces bonnes choses risquaient de se gâter.

Il passa ensuite dans le placard à légumes. Deux oignons, deux oranges, deux pommes, deux melons. Il replaça les melons sur l'étagère.

— Trop lourd. Et tu ferais mieux de garder de la

place pour des trucs plus nourrissants, dit-il, en mâchant une autre tranche de rosbif.

Il aurait bien voulu prendre des légumes frais, mais il n'avait pas encore trouvé le moyen de les faire cuire. Il se contenta donc de conserves.

Le dernier placard contenait les denrées de base, et c'est là que Jay-jay laissa le plus grand trou. Une boîte de lait en poudre, un pot de miel, des biscottes, des boîtes de sardines, de saumon, de poulet. Il s'empara aussi d'un ouvre-boîtes.

Il aurait bien mis la main sur tout le reste, mais le sac était déjà terriblement lourd. Il avait du mal à le soulever.

— Allez, ne sois pas goinfre. Tu reviendras la semaine prochaine.

Il arrangea les boîtes sur les étagères de façon que rien ne paraisse avoir été touché. Puis il traîna sa charge jusqu'à la plaque de métal. Maintenant, il s'agissait de sortir de là. Jay-jay s'apprêtait à mettre son idée en pratique, lorsqu'il entendit une voiture s'arrêter devant le restaurant. Pendant un moment, il resta figé sur place, incapable de bouger. Puis il se reprit.

— Pas de panique. Tu as tout prévu.

Il éteignit la bougie. Près de là se trouvait une desserte roulante haute d'environ un mètre soixante. Jay-jay la poussa jusqu'au bord du faux plafond, posa son sac sur le premier plateau, monta à son tour. Il répéta l'opération jusqu'à ce qu'il parvienne à hauteur de la plaque.

Il grimpa sur le faux plafond, posa le sac sur les pales du ventilateur et s'apprêta à se hisser sur le toit. « Tout marche comme prévu », pensait-il. Mais son cœur battait la chamade.

Soudain, il entendit des bruits de pas dans le couloir. Quelqu'un se dirigeait vers la cuisine. « Catastrophe ! Tu as oublié le plus important ! » Jay-jay retourna sur la pointe des pieds au bord de la plaque et repoussa la table. Elle roula sur un mètre et s'arrêta net à l'instant où deux flics entraient dans la cuisine.

Leurs torches électriques balayèrent la pièce, brisant l'obscurité. Jay-jay se hissa à travers les pales et se colla contre la paroi.

Il ne pouvait plus voir les policiers. Le faux plafond l'en empêchait. Mais il les entendait. Les torches glissèrent sur les murs, sur les lucarnes. L'un des flics fit rouler un tonneau jusque sous la plaque. Il monta dessus et braqua sa lampe vers le ventilateur.

Jay-jay aperçut les traces de pas qu'il avait laissées sur le faux plafond poussiéreux, mais heureusement, la tête du policier ne dépassait pas le bord.

J'aurais juré qu'il y avait une lumière à l'intérieur, dit l'un des hommes.

L'autre grogna. Après un dernier coup d'œil aux placards, ils appelèrent le poste à l'aide d'un talkie-walkie :

— Nous avons fouillé les lieux, et n'avons trouvé aucune trace d'effraction. Dix-quatre.

Lorsque la voiture s'éloigna, Jay-jay grimpa en haut du conduit d'aération et sortit sur le toit. Il revissa le cône de métal et le tapota :

— A la semaine prochaine.

Hissant le sac sur son épaule, il traversa le toit et redescendit sur la plate-forme de chargement en se servant des cageots comme d'un escalier.

Il rentra chez lui aussi vite que le lui permettait son lourd fardeau.

Ombre était tout oreilles et Jay-jay lui fit une description détaillée des événements de la soirée.

— Le secret, c'est de tout prévoir, Ombre. Mais il faut aussi être décontracté et sûr de soi pour pouvoir improviser au cas où quelque chose d'inattendu se produirait. Tu comprends?

Ombre se gratta l'oreille.

Jay-jay continua pensivement :

— Maintenant, il nous suffit de garder ça présent à l'esprit, pour le jour où Elmo reviendra. Tu te souviens de ce que je t'ai raconté à propos de la mésange et du mainate? La tactique de la guérilla. Nous devons avoir un plan à toute épreuve. Et qui plus est, nous devons le répéter. chaque jour jusqu'à ce qu'il soit vraiment parfait.

CONCLUSION

1

Novembre s'installa, couvrant de gris ce qui restait de l'automne, transformant le parc en cimetière. Les arbres morts tendaient leurs branches vers un ciel sombre. Jay-jay rentrait chez lui, après avoir passé la journée à chercher des vêtements. Sous son bras, une lourde parka à capucle. Ombre, qui trottinait près de lui, avait déniché ce trésor près du terrain de football.

« En fait, il ne l'a pas vraiment *déniché* », pensa Jay-jay en se penchant pour caresser le petit chien. L'entraîneur l'avait posé sur l'herbe et profitant de l'excitation provoquée par le match, Ombre l'avait... bref.

Jay-jay s'arrêta devant sa cachette, en sortit la corde à nœuds et la lança par-dessus la première branche basse du chêne. Il grimpa jusqu'à sa cabane, puis fit descendre un carton retenu par un filet relié à une corde. Ombre bondit à l'intérieur de l'ascenseur improvisé, et Jay-jay le remonta.

La nuit tombait. Un vent froid s'était levé.

Jay-jay se frotta les mains, heureux d'être au chaud sous sa tente, qui était devenue un foyer confortable, et même un peu plus. Pendant les rares moments où il pouvait se détendre, il gribouillait maintenant sur les murs de toile.

— Comme les dessins sur la pierre des grottes que

j'ai vus au musée, expliqua-t-il à Ombre qui posait patiemment ce soir-là tandis que Jay-jay faisait son portrait.

Apparemment, la ressemblance n'était pas fameuse car lorsque ce fut terminé, le chien se détourna du dessin en bâillant.

— Qu'est-ce qui t'arrive? demanda Jay-jay. Il y a bien quatre pattes et une queue, non?

Le garçon haussa les épaules et consacra son attention à un projet plus ambitieux. Sur l'un des murs de la tente, il avait commencé à dessiner une carte du parc. Sur un autre, des écureuils, des mouettes, des mésanges, le chêne, le banc de Mme Miller avaient pris vie au fil de ses traits de marqueur qui se faisaient de plus en plus sûrs.

Mais il y avait une silhouette sombre et confuse dont Jay-jay ne pouvait se résoudre à dessiner le visage.

Lorsque l'obscurité l'empêcha de continuer, Jay-jay posa son crayon. Pendant un moment il regarda son domaine aux couleurs de terre s'estomper dans la nuit. Ce n'était plus le vert lumineux du printemps, ni l'orangé de l'été, ni la symphonie d'ocres de l'automne. Le parc en hiver avait des tons plus calmes, plus subtils, mais pour Jay-jay il était toujours aussi beau.

Le gamin se prépara à ouvrir une boîte de viande froide pour le dîner, puis décida brusquement de s'offrir une petite fête.

— Après tout, pourquoi pas? demanda-t-il à Ombre. Nous l'avons bien gagné. Ce soir j'ai envie de faire un bon repas chaud.

Quelques jours auparavant, Jay-jay avait hissé une grosse pierre concave sur la plate-forme et l'avait transformée en foyer. Elle était posée juste devant la tente. Le garçon était aussi retourné à la Taverne et avait ramené plusieurs ustensiles de cuisine et, bien sûr, d'autres provisions. Il avait construit une étagère entre deux branches pour ranger tout son équipement.

Le gamin prit une boîte de dinde et l'ouvrit. Bientôt, les tranches de volaille rôtirent dans la poêle. Le cuisinier, qui était en train de casser des noisettes pour le dessert, commençait à saliver. Ombre tournait autour du feu en reniflant.

Jay-jay était tellement absorbé par sa tâche, qu'il ne se serait même pas aperçu de la nouvelle présence, si les cris d'une chouette, et les grondements du chien, ne lui avaient pas donné l'alarme.

Son cœur se serra. Elmo était debout au pied de l'arbre. Les odeurs de cuisine et la lueur rouge l'avaient attiré jusqu'au chêne.

Le jeune homme avait passé la semaine à ratisser le quart nord-ouest du parc, se rapprochant de plus en plus du but. Il savait que ce coin était le seul qui soit assez sauvage pour pouvoir abriter celui qu'il cherchait. Mais le gosse avait toujours réussi à lui échapper. Il ne l'aurait certainement pas découvert s'il n'y avait eu les odeurs, car la cabane était habilement dissimulée. Mais à présent, il le tenait. Son sang se mit à battre plus vite dans ses veines. Le chasseur avait trouvé sa proie.

Elmo tourna autour du tronc, cherchant un moyen de grimper. Comment ce petit fumier y arrivait-il? Lui ne parvenait même pas à trouver une prise.

Pendant un dixième de seconde, Jay-jay pensa à jeter les charbons ardents sur son assaillant. Mais en agissant ainsi, il risquait de mettre le feu à toute la forêt. Il décida donc de s'en tenir au plan qu'il avait soigneusement préparé pour cette éventualité. Il fourra la corde dans sa parka, rangea ses maigres possessions dans son sac, défit la tente. Puis il grimpa en haut de l'arbre et attacha le sac à une branche qui, il le savait, ne supporterait pas quelqu'un de plus lourd que lui. Elmo ne pourrait donc pas l'atteindre.

Jay-jay avait répété tant de fois la première phase de son plan qu'il eut terminé avant qu'Elmo ait trouvé un moyen pour grimper. Le garçon redescendit sur la plate-forme et se prépara à défendre son château. Ombre était prêt lui aussi. Les babines retroussées, il attendait l'envahisseur.

Elmo, pendant ce temps, était parvenu à atteindre la première branche. Il continua son ascension et finit par arriver à la hauteur de la plate-forme.

— Ombre, monte dans l'ascenseur, ordonna Jay-jay, qui s'apprêtait à faire descendre le chien.

Mais l'animal avait une autre idée. La main d'Elmo venait d'apparaître au bord du plancher. Ombre bondit et mordit la chair blanche. La main disparut. Au bout d'un instant elle se risqua de nouveau; cette fois-ci, elle tenait un couteau. Jay-jay tenta de retenir Ombre, mais ce dernier lui échappa.

— Je vais te régler ton compte, grommela Elmo, le souffle court.

Il avait abandonné la cure de méthadone. Son dernier fix l'avait laissé dans un état de faiblesse considérable.

— Mais je suis encore assez fort pour m'occuper de toi, cracha-t-il.

« Je ne peux pas lutter contre lui ici, pensa Jay-jay, levant la tête vers les branches minces. Ce qu'il faut faire c'est rester hors de portée. L'éloigner du château. »

Une fois de plus, Ombre se rua sur la main de l'assaillant. Elmo cria et laissa tomber le cran d'arrêt, qui disparut dans l'obscurité. Il agrippa la queue du chien et, avant que Jay-jay puisse l'en empêcher, jeta l'animal au sol.

Jay-jay hurla. Un filet de branches ralentit la chute du chien. Il y eut un bruit mat quand il toucha terre. Jay-jay regarda en bas, désespéré. Il faisait trop noir pour voir quelque chose.

— Ombre? Ombre!

Tout resta silencieux.

— Tu l'as tué! s'écria le gamin.

Elmo avait posé un genou sur la plate-forme. Jay-jay battit en retraite et commença à descendre de l'autre côté.

— Espèce de salaud, tu ne t'en tireras pas comme ça! hurla Elmo en se lançant à sa poursuite.

Jay-jay connaissait l'arbre par cœur. Dans l'obscurité, ses pieds n'avaient aucun mal à trouver un appui. Elmo n'eut pas cette chance. Il glissa par deux fois, donnant au garçon le temps d'atteindre la première branche basse. Jay-jay mit sa corde en place et toucha le sol au moment où Elmo atteignait la branche. Jay-jay fut le plus rapide. Il tira sur l'échelle d'un coup sec, et son assaillant resta prisonnier de l'arbre.

— Ombre, où es-tu? appela le gamin.

Pas de réponse.

— Oh! mon Dieu, non, gémit-il.

Puis une parcelle de raison se glissa dans son désespoir. Même s'il trouvait l'animal, que pourrait-il faire? « Si Elmo m'attrape, on est fichus tous les deux. »

Le drogué, qui se sentait un peu stupide de s'être laissé coincer ainsi, décida de sauter. Il atterrit brutalement et resta un instant immobile, le souffle coupé.

Jay-jay abandonna ses recherches et se rua en bas de la colline. Il connaissait tous les trous et les bosses du terrain et les évitait sans effort.

Elmo, qui s'était remis de sa chute, poursuivit le gamin. Il trébuchait sur les racines, glissait sur les cailloux. Arrivé au pied de la colline, Jay-jay traversa le pont de bois à toute allure. Le parc était plongé dans une obscurité presque totale, trouée de loin en loin par la faible lueur des lampes.

Jay-jay resta sous le couvert des taillis. Il entendait Elmo courir derrière lui, mais ne s'inquiétait pas outre mesure. Il avait pris assez d'avance sur lui pour pouvoir le semer. «Mais je me demande à quoi ça servira, songea-t-il. Il reviendra demain, ou après-demain. »

Jay-jay suivait la berge de la Cascade, le dos courbé. Haletant, il chercha refuge dans la petite grotte à l'entrée du tunnel et regretta instantanément sa décision. C'était un piège rêvé pour son adversaire. Il se rua au-dehors, traversa le tunnel, quitta le sentier et se dirigea vers les buissons qui parsemaient la colline.

Il se jeta à terre et resta immobile, écoutant son cœur battre dans ses oreilles. Aucun bruit... rien... Elmo avait peut-être abandonné? Non, une brindille venait de craquer. Elmo fila devant lui. Jay-jay commençait à se croire en sécurité quand une main pénétra les taillis et le força à se mettre debout.

Ils se battirent sur la colline. Jay-jay se tortillait, donnait des coups de pied pour se libérer. Elmo le maintenait aisément à bout de bras. Méthodiquement, il se mit à frapper le gamin. La tête de Jay-jay retombait d'un côté, puis de l'autre. Les coups se firent plus forts, plus précis. Le garçon saignait du nez. Elmo referma ses doigts et son poing frappa la joue de sa victime.

Jay-jay tomba à genoux. Un autre coup de poing fit sauter une dent qui bougeait. Dans une semi-inconscience, le garçon songea que c'était sa dernière dent de lait. Elmo le frappait maintenant à l'estomac. Le souffle coupé, Jay-jay sentit le goût du sang chaud dans sa bouche et s'écroula à terre.

Elmo ne le releva pas. Il entreprit de le rouer de coups de pied :

— Ça c'est pour te punir d'avoir piqué ma barque.

Pour le moment, Jay-jay n'avait pas trop mal, mais il savait que si le fou continuait...

Elmo tourna sa victime sur le dos, et s'assit sur son

estomac, lui bloquant les bras à l'aide de ses genoux. Jay-jay regardait les yeux pâles et brillants. Des doigts entourèrent sa gorge, pressèrent, pressèrent. Il ne pouvait plus respirer. Les yeux lui sortaient de la tête. Et brusquement, la pression se relâcha. Elmo le regarda, un sourire cruel aux lèvres.

Les doigts de Jay-jay fouillèrent la terre, cherchant une arme. Ses mains se refermèrent sur un morceau de bois court et épais. Il leva le bras. Elmo comprit trop tard, essaya d'éviter le coup. Le bâton le frappa sur la pomme d'Adam. Il roula en terre en se tenant la gorge, libérant sa proie.

Jay-jay s'enfuit en titubant. Une idée venait de naître dans son cerveau. Le poste de police de la 85e Rue. C'était sa dernière chance. Elmo était fou! Fou à lier! Il ne pourrait pas s'en débarrasser tout seul. Il pria pour qu'une voiture de police croise son chemin. Mais bien sûr, les flics n'étaient jamais là quand on avait besoin d'eux.

Lorsqu'il arriva à la 97e Rue Transversale, Jay-jay passa le pont et se dirigea vers l'ouest, le long du Réservoir. Il courait à perdre haleine dans la nuit, ralentissant quand il ne pouvait plus respirer, repartant de plus belle. Il crut entendre un bruit dans les taillis, dépassa la 95e puis la 90e Rue et arriva à la hauteur de la 85e. A ce moment, Elmo fondit sur lui.

Le poste de police n'était plus qu'à trois cents mètres. Mais Elmo avait pris un raccourci et lui barrait la route. Jay-jay ouvrit la bouche pour hurler. Il n'en sortit qu'un croassement.

Le gamin obliqua vers le sud, courant maintenant sans but. Elmo le suivait, en se tenant la gorge. Il prenait un plaisir sadique à laisser sa victime s'enfuir, attendant qu'elle tombe d'épuisement.

Jay-jay dépassa le Metropolitan Museum, et parvint à la 79e Rue Transversale. Le chantier de la Colline du Cèdre s'étendait devant lui, tout illuminé.

Le dinosaure rouge tendait le cou au-dessus de la palissade.

— Le garde est peut-être encore là, gémit Jay-jay en se traînant vers l'entrée.

Il cogna de toutes ses forces sur la double porte. Elmo fonça sur lui avant que quiconque ait eu le temps de lui ouvrir.

Jay-jay suivit la palissade vers la falaise qui dominait la 79e Rue. Il n'y avait pas de projecteur dans ce secteur, rien que les éclats lumineux intermittents des voitures qui passaient sur la route huit mètres plus bas.

Jay-jay grimpa sur le mur de soutènement. La tête lui tournait. Le sang avait séché dans sa bouche et son nez. Ses oreilles bourdonnaient. Il avança, lentement d'abord, puis de plus en plus vite. Ses membres semblaient peser des tonnes.

Il arriva à la cassure du mur. «Encore un mètre, pensa-t-il, avant le guignier. Rappelle-toi comment tu as fait la première fois.»

Rampant sur le roc, il essaya de ne pas regarder en bas. Les automobilistes filaient à toute allure sur la route, leurs phares trouant l'obscurité.

Jay-jay sentit les doigts d'Elmo se refermer sur la manche de sa parka. Dans un dernier effort, il se libéra et parvint de l'autre côté de la saillie rocheuse. Il entendit un cri, se retourna vivement, vit Elmo perdre l'équilibre.

Le jeune drogué se rattrapa au mur de soutènement et resta accroché par les mains, le reste du corps suspendu au-dessus de la route.

La liberté était à deux pas. Plus que tout, Jay-jay désirait qu'Elmo subisse le sort qu'il méritait. Mais pouvait-il l'abandonner ainsi, le livrant à une mort certaine? Jay-jay comprit alors à quel point il était différent d'Elmo.

Il rebroussa chemin. Au-dessous de lui, la circulation était toujours intense. Les doigts d'Elmo accrochés à la pierre blanchissaient sous l'effort. Ses pieds battaient le granit à la recherche d'une prise. Jay-jay agrippa le poignet du jeune homme. Ils luttèrent, gagnant puis perdant un centimètre avec une effroyable symétrie.

— Tiens bon! cria Jay-jay, sentant les doigts d'Elmo glisser inexorablement.

Le jeune homme regarda Jay-jay pendant une seconde de désespoir puis tomba sur la route, rebondissant sur le capot d'une voiture, passant sous les roues de la suivante.

Les freins crissèrent, les klaxons tonnèrent. Elmo s'en moquait. Ses yeux étaient vides et morts sous la lumière crue des phares.

Jay-jay regardait fixement en bas, en état de choc. Il n'osait pas croire ce qu'il voyait, mais le grondement de la circulation constituait une réalité qu'il ne pouvait pas nier. Alors ses mains, mues par une volonté propre, allèrent à sa gorge et enlevèrent le médaillon de son cou. Il pressa la chaîne et la médaille dans son poing fermé puis ses doigts s'ouvrirent et il laissa tomber le bijou sur le corps d'Elmo.

Enfin, Jay-jay s'écroula contre le roc et s'évanouit.

2

A l'aube, Jay-jay reprit lentement conscience. Il sentit tout d'abord son corps douloureux. Il ouvrit ensuite les yeux, mais seul l'un d'entre eux fonctionnait. L'autre était enflé et fermé. Un bourdonnement juste en dessous de lui le fit se retourner. Il regarda la route, et tout lui revint en mémoire.

La circulation était redevenue fluide; les voitures de

police et l'ambulance étaient parties depuis longtemps.

— Elmo est mort, murmura Jay-jay sans parvenir à y croire.

Le dos courbé, les membres brisés, Jay-jay retourna vers le chêne. Il fouilla les buissons et trouva Ombre, gisant dans l'herbe. Brusquement, il se mit à pleurer. Sur Ombre, sur Elmo, sur toutes les choses qui ne seraient jamais. Il prit le chien dans ses bras pour l'enterrer.

— Tu es encore chaud ! s'écria-t-il.

Il colla son oreille contre le poitrail de l'animal et entendit un battement presque imperceptible.

— Vivant, tu es vivant ! répétait Jay-jay en portant le chiot vers le chêne. Ne t'inquiète pas, Ombre, on l'a fait une fois, murmura-t-il, on t'a remis sur pattes, on le refera.

Tour à tour déprimé et exalté, Jay-jay passa les jours suivants à osciller entre le rire et les larmes. Larmes quand il se souvenait du bruit mat et écœurant au moment où le corps d'Elmo avait touché la route. Rire et joie quand Ombre réagissait à ses soins attentifs. Le chiot reprit bientôt assez de force pour pouvoir laper un peu de lait.

Jay-jay se servit des pansements qu'il avait pris à l'infirmerie de l'école, de deux morceaux de bois et improvisa une attelle pour la patte cassée du chiot. Dans le miroir mouvant du Loch, Jay-jay constata que ses blessures guérissaient. Son œil était maintenant d'un beau vert irisé.

À ses moments perdus, Jay-jay réfléchissait. Il savait que le souvenir de la mort d'Elmo ne le quitterait plus. Mais il comprenait aussi que cela ne devait pas l'empêcher de continuer à vivre. Il avait choisi son chemin et c'était aussi important sinon plus, que la mort d'un être.

Vint le jour où le ciel se fit gris, d'un gris ardoise qui semblait mouillé, et Jay-jay sentit qu'il allait se passer quelque chose, quelque chose qu'il n'avait cessé de redouter.

L'événement se produisit au crépuscule. La neige se mit à tomber et un vent d'une blancheur glacée souffla de toutes parts. Jay-jay fixa la tente de façon à ne pas laisser entrer le moindre souffle d'air. Puis il fit un feu dans sa pierre creuse avec du charbon de bois, et continua son travail.

— Neige égale empreintes, expliqua-t-il à Ombre. Il faut donc fabriquer des chaussures spéciales avec des chiffons et du papier.

Il montra son œuvre au chiot.

La neige continuait à tomber. Jay-jay se préparait à dormir. Il se glissa dans le sac de couchage, près d'Ombre, et ouvrit un pan de la tente pour regarder au-dehors. Malgré ses appréhensions, il ressentait une sorte de paix. Il bâilla.

— C'est peut-être le moment où la terre se repose, dit-il, d'une voix ensommeillée.

A travers ses paupières mi-closes, Jay-jay regarda son domaine se transformer en paysage pâle, bleuté, pur.

La neige avait si bien étouffé les sons que Jay-jay se réveilla tard le lendemain matin. Lorsqu'il sortit de la tente, le spectacle qui s'offrit à ses yeux lui coupa le souffle.

— Ombre, viens voir! appela-t-il.

Le petit chien se tortilla hors du sac de couchage et, s'appuyant sur son attelle, clopina jusqu'à l'ouverture de la tente.

Les branches était chargées de poudre blanche, les rochers et les creux semblaient presque effacés, et le vent avait sculpté d'étranges formes dans la neige.

Jay-jay secoua lentement la tête.

— La chose qui me faisait le plus peur depuis tant de mois est enfin arrivée... et je n'ai jamais rien vu d'aussi beau. Regarde! cria-t-il, désignant la plate-forme et la bâche. La neige a même camouflé notre château!

Pas besoin d'aller chercher de l'eau au ruisseau pour le petit déjeuner, ce jour-là. Il suffisait de tendre la main. Ombre en était à son dessert quand il redressa brusquement la tête et émit un faible grognement.

Jay-jay joignit ses mains au-dessus de ses yeux et inspecta son territoire. Quelque chose avançait lentement sur le sentier, quelque chose qui ressemblait... à un gros nounours? De lourdes chaussures montantes, un turban brun, et un manteau en imitation fourrure. Jay-jay reconnut Mme Miller.

En buvant son thé ce matin là, Mme Miller avait écouté à la radio un bulletin d'information spécial relatant un accident qui avait eu lieu dans le parc... un jeune garçon y avait trouvé la mort quelques jours auparavant. Frénétiquement, elle appela la station, mais personne ne put lui donner de plus amples renseignements. Son coup de fil au poste de police ne fut guère plus fructueux. On la dirigea vers trois services différents et pour finir, la communication fut coupée. Pendant dix minutes Mme Miller fit les cent pas dans son appartement, tout en regardant la neige tomber. Le médecin lui avait conseillé de se reposer pendant encore une semaine. Mais elle ne pouvait pas supporter cette incertitude. Elle s'habilla et prit le chemin du parc.

La vieille dame s'arrêta près de son banc. Elle essuya la neige qui recouvrait les lattes, mais ne vit que les restes mutilés de sa correspondance avec l'enfant. Ses épaules se courbèrent. Puis elle leva la tête et cria vers les arbres qui escaladaient la Grande Colline:

— Petit garçon! Où es-tu? Es-tu encore là? Je vais mieux maintenant, merci beaucoup! Petit garçon, tu dois avoir faim, froid! Viens chez moi!

Les gémissements du vent lui répondirent. Des larmes de désespoir montèrent à ses yeux.

Jay-jay réfléchit à son offre tandis que les cristaux blancs continuaient à tomber sur son royaume. Il colla son nez à la truffe d'Ombre.

— Tu as aussi ton mot à dire, tu sais. Mais laisse-moi d'abord t'expliquer, pour que tu puisses choisir en toute connaissance de cause.

» Tu vois, Ombre, le meilleur est encore à venir. Cette période est la plus dure. Mais l'hiver ne sera pas éternel. Bientôt, tout renaîtra. De nouvelles fleurs, de l'herbe tendre, des feuilles vertes, chaque jour plus éclatantes.

Ombre le regardait de ses immenses yeux noyés de confiance. Jay-jay continua :

— Des concerts le soir, du rock et de la pop, tout ce qui nous plaira, à nous de choisir, et puis de la salade de pissenlits, et Shakespeare, des spectacles, et pas de voitures le dimanche. Nous aurons tout ça. Tu verras, Ombre, la ville sortira de son sommeil, les gens se réveilleront et reviendront vers leur parc. Et ce sera le plus beau moment de notre vie. Tout cela arrivera, Ombre, je te le promets.

En réponse, le chiot éternua.

— Petit garçon... reprit Mme Miller.

Mais sa voix se brisa. Elle enleva la neige qui s'était posée sur ses épaules, puis tira un mouchoir de sa poche et essuya ses yeux.

— Attends un peu, fit Jay-jay d'un ton qui trahissait son anxiété. Pourquoi Mme Miller pleure-t-elle? Elle pense peut-être qu'il nous est arrivé quelque chose de grave. Reste ici, Ombre. Je reviens tout de suite. Il faut que je lui dise que tout va bien.

Alors que Mme Miller s'apprêtait à rebrousser

chemin, elle aperçut une petite silhouette qui descendait la colline. Bouche bée, elle regarda, comme s'il s'agissait d'une vision, la forme flotter dans sa direction.

Et brusquement, il fut devant elle. Il paraissait plus jeune que dans son souvenir. Peut-être parce qu'il était enveloppé dans une parka qui lui descendait aux chevilles. Mais ses joues étaient rouges, et il avait perdu cet air fiévreux, cette apparence décharnée.

— Je suis si heureuse de te voir, commença Mme Miller. Tu comprends, j'ai entendu à la radio...

Elle lui raconta le bulletin d'information. Jay-jay se mordit les lèvres :

— C'était Elmo, le type qui vous avait attaquée. Il me poursuivait et...

Jay-jay s'interrompit. Mme Miller claqua sa main sur sa joue.

— Mon Dieu, c'est horrible, murmura-t-elle. Je n'avais jamais souhaité sa mort.

— Moi non plus, murmura Jay-jay.

A ce moment, Mme Miller remarqua l'état de son visage et comprit ce qu'il avait enduré. Pour elle.

— Mais tu vas bien ? s'enquit-elle.

— Très bien.

— Nous devrions peut-être prévenir la police ? suggéra Mme Miller.

Jay-jay recula d'un pas.

— Attends ! Simplement pour que quelqu'un sache... ajouta-t-elle rapidement.

— Dieu sait, répondit Jay-jay.

Mme Miller hocha lentement la tête. Elle posa la question suivante prudemment, de peur de voir le gamin disparaître aussi vite qu'il était apparu :

— Je me demandais... si tu accepterais de venir chez moi.

— Oh, c'est gentil à vous, merci, fit Jay-jay, mais

j'ai une maison. Et puis il y a mon chien, Ombre. Il est malade. Je ne peux pas l'abandonner.

— Bien sûr que non. Mais ton chien peut très bien venir vivre avec nous, expliqua la vieille dame. Nous le nourrirons. Et tu sais quoi? Nous appellerons un vétérinaire. Juste pour un examen, ajouta-t-elle en voyant la méfiance briller dans les yeux de Jay-jay.

— Il faut que j'en parle à Ombre, fit le garçon d'un air de doute. Je m'occupe très bien de lui, vous savez.

— Mais qui s'occupe de toi? Est-ce que quelqu'un te nourrit?

Jay-jay secoua la tête.

— Non, je prends soin de moi-même. Et je fais très bien la cuisine. Pourquoi ne viendriez-vous pas dîner un soir chez moi?

— Ce serait avec plaisir, répondit Mme Miller, complètement désorientée. (Elle attendit quelques secondes.) Tu as l'air d'un garçon intelligent, reprit-elle. Tu dois savoir que ceci n'est que le début de l'hiver. Bientôt il fera froid, encore plus froid qu'aujourd'hui. Tu risques de geler sur place sans même t'en apercevoir. Et ce sera trop tard. Pour ton chien aussi.

Elle nota la lueur d'incertitude qui passa dans ses yeux.

— Tu n'es pas obligé de prendre ta décision aujourd'hui, ni même demain, déclara Mme Miller tandis qu'ils avançaient sur le sentier. Tu as tout ton temps.

— Je ne crois pas avoir déjà fini ce que j'ai à faire ici, fit Jay-jay sobrement.

— Quoi? demanda-t-elle d'une voix douce.

Il haussa les épaules.

— Je ne le sais pas vraiment moi-même. Mais un jour, bientôt peut-être, nous pourrons cohabiter.

— Je l'espère, dit Mme Miller. Parce que je t'aime bien. Je t'aime vraiment beaucoup. (Résistant à une brusque envie de prendre le gamin dans ses bras et de le couvrir de baisers, Mme Miller se contenta de lui donner une petite tape sur l'épaule.) Tiens, je t'ai tricoté une écharpe.

Ils continuèrent à marcher jusqu'à l'Entrée du Garçon. Jay-jay tendit la main. Mme Miller enleva son gant. Leur salut fut très cérémonieux.

— Au revoir, dit la vieille dame. Tu penseras à ce que je t'ai dit? Même si tu ne viens que pour passer les nuits les plus froides, tu seras toujours le bienvenu.

Jay-jay hocha la tête.

— Oh, merci pour l'écharpe. Elle est chouette.

Mme Miller s'apprêtait à traverser l'avenue. Elle se retourna :

— A demain !

— A demain, répliqua Jay-jay en agitant la main.

Il reprit le chemin du chêne, tout en réfléchissant à ce que Mme Miller lui avait proposé.

— Bien sûr, je pourrais passer toute ma vie ici, se dit le garçon. Mais ce serait peut-être mieux pour Ombre, vu son état. Il faudra que je lui en parle.

Il ramassa une poignée de neige, en fit une boule compacte et la lança sur un sapin. Une avalanche blanche l'engloutit. Il tira la langue le plus loin possible, goûtant la sensation de froid et de chaleur que produisait la chute des flocons sur ses papilles.

Son royaume devint arc-en-ciel lorsqu'il le regarda à travers les prismes des cristaux qui s'accrochaient à ses cils. Et il eut l'impression de posséder tout ce dont il avait rêvé. Sa liberté. Quelqu'un qui l'aimait. Jay-jay esquissa un pas de danse, puis un second, et de sa voix cassée, grinçante, changeante, il se mit à chanter.

Achevé d'imprimer en Europe (France)
par Brodard et Taupin à La Flèche (Sarthe)
le 18 juillet 1994. 6734J-5
Dépôt légal juillet 1994. ISBN 2-277-12819-8
1er dépôt légal dans la collection : mars 1978

Éditions J'ai lu
27, rue Cassette, 75006 Paris
Diffusion France et étranger : Flammarion

J'AI LU

819